GRöLS Verlage

„Bücher sind wie Fallschirme. Sie nützen uns nichts, wenn wir sie nicht öffnen.“

Gröls Verlag

Redaktionelle Hinweise und Impressum

Das vorliegende Werk wurde zugunsten der Authentizität sehr zurückhaltend bearbeitet. So wurden etwa ursprüngliche Rechtschreibfehler *nicht* systematisch behoben, denn kleine Unvollkommenheiten machen das Buch – wie im Übrigen den Menschen – erst authentisch. Mitunter wurden jedoch zum Beispiel Absätze behutsam neu getrennt, um den Lesefluss zu erleichtern.

Um die Texte zu rekonstruieren, werden antiquarische Bücher von Lesegeräten gescannt und dann durch eine Software lesbar gemacht. Der so entstandene Text wird von Menschen gegengelesen und korrigiert – hierbei treten auch Fehler auf. Wenn Sie ebenfalls antiquarische Texte einreichen möchten, finden Sie weitere Informationen auf www.groels.de

Viel Freude bei der Lektüre wünscht Ihnen das Team des Gröls-Verlags.

Adressen

Verleger: Sophia Gröls, Im Borngrund 26, 61440 Oberursel

Externer Dienstleister für Distribution & Herstellung: BoD, In de Tarpen 42, 22848 Norderstedt

Unsere „Edition | Werke der Weltliteratur“ hat den Anspruch, eine der größten und vollständigsten Sammlungen klassischer Literatur in deutscher Sprache zu sein. Nach und nach versammeln wir hier nicht nur die „üblichen Verdächtigen“ von Goethe bis Schiller, sondern auch Kleinode der vergangenen Jahrhunderte, die – zu Unrecht – drohen, in Vergessenheit zu geraten. Wir kultivieren und kuratieren damit einen der wertvollsten Bereiche der abendländischen Kultur. Kleine Auswahl:

Francis Bacon • Neues Organon • **Balzac** • Glanz und Elend der Kurtisanen • **Joachim H. Campe** • Robinson der Jüngere • **Dante Alighieri** • Die Göttliche Komödie • **Daniel Defoe** • Robinson Crusoe • **Charles Dickens** • Oliver Twist • **Denis Diderot** • Jacques der Fatalist • **Fjodor Dostojewski** • Schuld und Sühne • **Arthur Conan Doyle** • Der Hund von Baskerville • **Marie von Ebner-Eschenbach** • Das Gemeindekind • **Elisabeth von Österreich** • Das Poetische Tagebuch • **Friedrich Engels** • Die Lage der arbeitenden Klasse • **Ludwig Feuerbach** • Das Wesen des Christentums • **Johann G. Fichte** • Reden an die deutsche Nation • **Fitzgerald** • Zärtlich ist die Nacht • **Flaubert** • Madame Bovary • **Gorch Fock** • Seefahrt ist not! • **Theodor Fontane** • Effi Briest • **Robert Musil** • Über die Dummheit • **Edgar Wallace** • Der Frosch mit der Maske • **Jakob Wassermann** • Der Fall Maurizius • **Oscar Wilde** • Das Bildnis des Dorian Grey • **Émile Zola** • Germinal • **Stefan Zweig** • Schachnovelle • **Hugo von Hofmannsthal** • Der Tor und der Tod • **Anton Tschechow** • Ein Heiratsantrag • **Arthur Schnitzler** • Reigen • **Friedrich Schiller** • Kabale und Liebe • **Nicolo Machiavelli** • Der Fürst • **Gotthold E. Lessing** • Nathan der Weise • **Augustinus** • Die Bekenntnisse des heiligen Augustinus • **Marcus Aurelius** • Selbstbetrachtungen • **Charles Baudelaire** • Die Blumen des Bösen • **Harriett Stowe** • Onkel Toms Hütte • **Walter Benjamin** • Deutsche Menschen • **Hugo Bettauer** • Die Stadt ohne Juden • **Lewis Caroll** • *und viele mehr….*

Johanna Spyri

Heidi kann brauchen, was es gelernt hat

Inhalt

Reisezurüstungen

Der freundliche Herr Doktor, der den Entscheid gegeben hatte, daß das Kind Heidi wieder in seine Heimat zurückgebracht werden sollte, ging eben durch die breite Straße dem Hause Sesemann zu. Es war ein sonniger Septembermorgen, so licht und lieblich, daß man hätte denken können, alle Menschen müßten sich darüber freuen. Aber der Herr Doktor schaute auf die weißen Steine zu seinen Füßen, so daß er den blauen Himmel über sich nicht einmal bemerken konnte. Es lag eine Traurigkeit auf seinem Gesichte, die man vorher nie da gesehen hatte, und seine Haare waren viel grauer geworden seit dem Frühjahr. Der Doktor hatte eine einzige Tochter gehabt, mit der er seit dem Tode seiner Frau sehr nahe zusammen gelebt hatte und die seine ganze Freude gewesen war. Vor einigen Monaten war ihm das blühende Mädchen durch den Tod entrissen worden. Seither sah man den Herrn Doktor nie mehr so recht fröhlich, wie er vorher fast immer gewesen war.

Auf den Zug an der Hausglocke öffnete Sebastian mit großer Zuvorkommenheit die Eingangstür und machte gleich alle Bewegungen eines ergebenen Dieners; denn der Herr Doktor war nicht nur der erste Freund des Hausherrn und dessen Töchterchen, durch seine Freundlichkeit hatte er sich, wie überall, die sämtlichen Hausbewohner zu guten Freunden gemacht.

„Alles beim alten, Sebastian?“ fragte der Herr Doktor wie gewohnt mit freundlicher Stimme und ging die Treppe hinauf, gefolgt von Sebastian, der nicht aufhörte, allerlei Zeichen der Ergebenheit zu machen, obschon der Herr Doktor sie eigentlich nicht sehen konnte, denn er kehrte dem Nachfolgenden den Rücken.

„Gut, daß du kommst, Doktor“, rief Herr Sesemann dem Eintretenden entgegen. „Wir müssen durchaus noch einmal die Schweizerreise besprechen, ich muß von dir hören, ob du unter allen Umständen bei deinem Ausspruche bleibst, auch nachdem nun bei Klärchen entschieden ein besserer Zustand eingetreten ist.“

„Mein lieber Sesemann, wie kommst du mir denn vor?" entgegnete der Angekommene, indem er sich zu seinem Freunde hinsetzte. „Ich möchte wirklich wünschen, daß deine Mutter hier wäre; mit der wird alles gleich klar und einfach und kommt ins rechte Geleise. Mit dir aber ist ja kein Fertigwerden. Du lässest mich heute zum dritten Male zu dir kommen, damit ich dir immer noch einmal dasselbe sage. –

„Ja, du hast recht, die Sache muß dich ungeduldig machen, aber du mußt doch begreifen, lieber Freund" – und Herr Sesemann legte seine Hand wie bittend auf die Schulter seines Freundes –, „es wird mir gar zu schwer, dem Kinde zu versagen, was ich ihm so bestimmt versprochen hatte und worauf es sich nun monatelang Tag und Nacht gefreut hat. Auch diese letzte schlimme Zeit hat das Kind so geduldig ertragen, immer in der Hoffnung, daß die Schweizerreise nahe sei und daß es seine Freundin Heidi auf der Alp besuchen könne; und nun soll ich dem guten Kinde, das ja sonst schon so vieles entbehren muß, die langgenährte Hoffnung mit einemmal wieder durchstreichen – das ist mir fast nicht möglich."

„Sesemann, das muß sein", sagte sehr bestimmt der Herr Doktor, und als sein Freund stillschweigend und niedergeschlagen dasaß, fuhr er nach einer Weile fort: „Bedenke doch, wie die Sache steht. Klara hat seit Jahren keinen so schlimmen Sommer gehabt, wie dieser letzte war. Von einer so großen Reise kann keine Rede sein, ohne daß wir die schlimmsten Folgen zu befürchten hätten. Dazu sind wir nun in den September eingetreten, da kann es ja noch schön sein oben auf der Alp, es kann aber auch schon sehr kühl werden. Die Tage sind nicht mehr lang, und oben bleiben und da die Nächte zubringen kann Klara doch nun gar nicht. So hätte sie kaum ein paar Stunden oben zu verweilen. Der Weg von Bad Ragaz dort hinauf muß ja schon mehrere Stunden dauern, denn zur Alp hinauf muß sie entschieden im Sessel getragen werden. Kurz, Sesemann, es kann nicht sein! Aber ich will mit dir hineingehen und mit Klara reden, sie ist ja ein vernünftiges Mädchen, ich will ihr meinen Plan mitteilen. Im kommenden Mai soll sie erst nach Ragaz hinkommen; dort soll eine längere Badekur unternommen werden, so lange, bis es hübsch warm wird oben auf der Alp. Dann kann sie dort von Zeit zu Zeit hinaufgetragen werden, da wird sie diese Bergpartien erfrischt und gestärkt, wie sie dann sein wird, ganz anders genießen, als es jetzt geschähe. Du begreifst auch, Sesemann, wenn wir noch eine leise Hoffnung für den Zustand deines Kindes aufrechterhalten wollen, so haben wir die äußerste Schonung und die sorgfältigste Behandlung zu beobachten."

Herr Sesemann, der bis dahin schweigend und mit dem Ausdrucke trauriger Ergebung zugehört hatte, fuhr jetzt auf einmal empor:

„Doktor", rief er aus, „sag es mir ehrlich: Hast du wirklich noch Hoffnung auf eine Änderung dieses Zustandes?"

Der Herr Doktor zuckte die Achseln. „Wenig", sagte er halblaut. „Aber komm, denk einmal einen Augenblick an mich, lieber Freund! Hast du nicht ein liebes Kind, das nach dir verlangt und sich auf deine Heimkehr freut, wenn du weg bist? Nie mußt du in ein verödetes Haus zurückkehren und dich allein an deinen Tisch hinsetzen. Und dein Kind hat's auch gut daheim. Muß es auch vieles entbehren, was andere genießen können, so ist es in manch anderem auch vor vielen bevorzugt. Nein, Sesemann, ihr seid nicht so sehr zu beklagen, ihr habt es doch recht gut, so zusammenzusein; denk an mein einsames Haus!"

Herr Sesemann war aufgestanden und ging nun mit großen Schritten im Zimmer auf und ab, wie er immer zu tun pflegte, wenn ihn irgendeine Sache stark beschäftigte. Auf einmal stand er vor seinem Freunde still und klopfte ihm auf die Schulter.

„Doktor, ich habe einen Gedanken: Ich kann dich nicht so sehen, du bist ja gar nicht mehr der alte. Du mußt ein wenig aus dir heraus, und weißt du, wie? Du sollst die Reise unternehmen und das Kind Heidi auf seiner Alp besuchen in unser aller Namen."

Der Herr Doktor war sehr überrascht von dem Vorschlage und wollte sich dagegen wehren, aber Herr Sesemann ließ ihm keine Zeit. Er war so erfreut und erfüllt von seiner neuen Idee, daß er den Freund unter den Arm faßte und nach dem Zimmer seines Töchterchens hinüberzog. Der gute Herr Doktor war für die kranke Klara immer eine erfreuliche

Erscheinung, denn er hatte sie von jeher mit einer großen Freundlichkeit behandelt und ihr jedesmal, wenn er kam, etwas Lustiges und Erheiterndes zu erzählen gewußt. Warum er das jetzt nicht mehr konnte, wußte sie wohl und hätte so gern ihn wieder froh gemacht. Sie streckte ihm gleich die Hand entgegen, und er setzte sich zu ihr hin. Herr Sesemann rückte seinen Stuhl auch heran, und indem er Klara bei der Hand faßte, fing er an von der Schweizerreise zu reden und wie er sich selbst darauf gefreut hatte. Über den Hauptpunkt aber, daß sie nun unmöglich mehr stattfinden könnte, glitt er eilig hinweg, denn er fürchtete sich ein wenig vor den kommenden Tränen. Dann ging er schnell auf den neuen Gedanken über und machte Klara darauf aufmerksam, wie wohltätig es für ihren guten Freund wäre, wenn er diese Erholungsreise unternehmen würde.

Die Tränen waren wirklich aufgestiegen und schwammen in den blauen Augen, wie sehr sich auch Klara Mühe gab, sie niederzudrücken, denn sie wußte, wie ungern der Papa sie weinen sah. Aber es war auch hart, daß nun alles aus sein sollte, und den ganzen Sommer hindurch war die Aussicht auf die Reise zum Heidi ihre einzige Freude und ihr Trost gewesen in all den langen, einsamen Stunden, die sie durchlebt hatte. Aber Klara war nicht gewohnt zu markten, sie wußte recht gut, daß der Papa ihr nur versagte, was zum Bösen führen würde und darum nicht sein durfte. Sie schluckte ihre Tränen hinunter und wandte sich nun der einzigen Hoffnung zu, die ihr blieb. Sie nahm die Hand ihres guten Freundes und streichelte sie und bat flehentlich:

„O bitte, Herr Doktor, nicht wahr, Sie gehen zum Heidi, und dann kommen Sie, um mir alles zu erzählen, wie es ist dort oben und was das Heidi macht und der Großvater und der Peter und die Geißen, ich kenne sie alle so gut! Und dann nehmen Sie mit, was ich dem Heidi schicken will, ich habe schon alles ausgedacht und auch etwas für die Großmutter. Bitte, Herr Doktor, tun Sie's doch; ich will auch gewiß unterdessen Fischtran nehmen, soviel Sie nur wollen."

Ob dieses Versprechen der Sache den Ausschlag gab, kann man nicht wissen, aber es ist anzunehmen, denn der Herr Doktor lächelte und sagte:

„Dann muß ich ja wohl gehen, Klärchen, so wirst du uns einmal rund und fest, wie wir dich haben wollen, Papa und ich. Und wann muß ich denn reisen, hast du das schon bestimmt?“

„Am liebsten gleich morgen früh, Herr Doktor“, entgegnete Klara.

„Ja, sie hat recht“, fiel hier der Vater ein; „die Sonne scheint, der Himmel ist blau, es ist keine Zeit zu verlieren, für jeden solchen Tag ist es schade, den du noch nicht auf der Alp genießen kannst.“

Der Herr Doktor mußte ein wenig lachen: „Nächstens wirst du mir vorwerfen, daß ich noch da bin, Sesemann; so muß ich wohl machen, daß ich fortkomme.“

Aber Klara hielt den Aufstehenden fest; erst mußte sie ihm ja noch alle Aufträge an das Heidi übergeben und ihm noch so vieles anempfehlen, das er recht betrachten und ihr dann davon erzählen sollte. Die Sendung an das Heidi konnte ihm erst später zugeschickt werden, denn Fräulein Rottenmeier mußte erst alles verpacken helfen; sie war aber eben auf einer ihrer Wanderungen durch die Stadt begriffen, von denen sie nicht so schnell zurückkehrte.

Der Herr Doktor versprach, alles genau auszurichten, die Reise, wenn nicht am Morgen früh, so doch womöglich noch im Laufe des folgenden Tages anzutreten und dann bei seiner Heimkehr getreulich Bericht zu erstatten über alles, was er gesehen und erlebt haben würde.

Die Diener eines Hauses haben oft eine merkwürdige Gabe, die Dinge zu erfassen, die im Hause ihrer Herren vor sich gehen, lange bevor diese dazu kommen, ihnen Mitteilung davon zu machen. Sebastian und Tinette mußten diese Gabe in hohem Grade besitzen, denn eben, als der Herr Doktor, von Sebastian begleitet, die Treppe hinunterging, trat Tinette ins Zimmer der Klara ein, die nach dem Mädchen geschellt hatte.

„Holen Sie diese Schachtel voll ganz frischer, weicher Kuchen, wie wir sie zum Kaffee haben, Tinette“, sagte Klara und deutete auf die Schachtel hin, die schon lange bereitgestanden hatte. Tinette erfaßte das bezeichnete Ding an einer Ecke und ließ es verächtlich an ihrer Hand baumeln. Unter der Türe sagte sie schnippisch:

„Es ist wohl der Mühe wert."

Als der Sebastian unten mit gewohnter Höflichkeit die Türe aufgemacht hatte, sagte er mit einem Bückling:

„Wenn der Herr Doktor wollten so freundlich sein und dem Mamsellchen auch einen Gruß vom Sebastian bestellen."

„Ah, sieh da, Sebastian", sagte der Herr Doktor freundlich; „so wissen Sie denn auch schon, daß ich reise?"

Sebastian mußte ein wenig husten.

„Ich bin... ich habe... ich weiß selbst nicht mehr recht... ach ja, jetzt erinnere ich mich: Ich bin eben zufällig durch das Eßzimmer gegangen, da habe ich den Namen des Mamsellchens aussprechen gehört, und wie es so geht, man hängt dann so einen Gedanken an den anderen an und so... und in der Weise..."

„Jawohl, jawohl", lächelte der Herr Doktor, „und je mehr Gedanken einer hat, je mehr wird er inne. Auf Wiedersehen, Sebastian, der Gruß wird bestellt."

Jetzt wollte der Herr Doktor gerade durch die offene Haustür enteilen, aber er traf auf ein Hindernis: Der starke Wind hatte Fräulein Rottenmeier verhindert, ihre Wanderung weiter fortzusetzen; eben war sie zurückgekehrt und wollte ihrerseits durch die offene Tür eintreten. Der Wind hatte ihr weites Tuch, in das sie sich gehüllt hatte, aber dergestalt aufgebläht, daß es gerade so anzusehen war, als habe sie die Segel aufgespannt. Der Herr Doktor wich augenblicklich zurück. Aber gegen diesen Mann hatte Fräulein Rottenmeier von jeher eine besondere Anerkennung und Zuvorkommenheit an den Tag gelegt. Auch sie wich mit ausgesuchter Höflichkeit zurück, und eine Weile standen die beiden mit rücksichtsvoller Gebärde da und machten einander gegenseitig Platz. Jetzt aber kam ein so starker Windstoß, daß Fräulein Rottenmeier auf einmal mit vollen Segeln gegen den Doktor heranflog. Er konnte eben noch ausweichen; die Dame aber wurde noch ein gutes Stück über ihn hinausgetrieben, so daß sie wieder zurückkehren mußte, um nun den Freund des Hauses mit Anstand zu begrüßen. Der gewalttätige Vorgang hatte sie ein wenig verstimmt, aber der Herr Doktor hatte eine Art und Weise, die ihr gekräuseltes Gemüt bald glättete und eine sanfte Stimmung darüber verbreitete. Er teilte ihr seinen Reiseplan mit und bat sie in der einnehmendsten Weise, ihm die Sendung an das Heidi so zu verpacken, wie nur sie zu packen verstehe. Dann empfahl sich der Herr Doktor.

Klara erwartete, daß sie erst einige Kämpfe mit Fräulein Rottenmeier zu bestehen haben würde, bevor diese ihre Zustimmung zum Absenden all der Gegenstände geben werde, die Klara für das Heidi bestimmt hatte. Aber diesmal hatte sie sich getäuscht: Fräulein Rottenmeier war ausnehmend gut gelaunt. Sogleich räumte sie alles weg, was auf dem großen Tische lag, um die Dinge alle, die Klara zusammengebracht hatte, darauf auszubreiten und dann vor ihren Augen die Sendung zu verpacken. Es war keine leichte Arbeit, denn die Gegenstände, die da zusammengerollt werden sollten, waren vielgestaltig. Erst kam der kleine dicke Mantel mit der Kapuze, den Klara für das Heidi ausgesonnen hatte, damit es im kommenden Winter die Großmutter besuchen könnte, wann es wollte, und nicht warten müßte, bis der Großvater kommen konnte und es dann in den Sack eingewickelt werden mußte, damit es nicht erfriere. Dann kam ein dickes, warmes Tuch für die alte Großmutter, damit sie sich darin einhülle und nicht frieren müsse, wenn der Wind wieder so schaurig um die Hütte klappern würde. Dann kam die große Schachtel mit den Kuchen; die war auch für die Großmutter bestimmt, daß sie zu ihrem Kaffee auch einmal etwas anderes als ein Brötchen zu essen habe. Jetzt folgte eine ungeheure Wurst; die hatte Klara ursprünglich für den Peter bestimmt, weil er doch nie etwas anderes als Käse und Brot bekam. Aber sie hatte sich jetzt anders besonnen, denn sie fürchtete, der Peter könnte vor Freuden die ganze Wurst auf einmal aufessen. Darum sollte die Mutter Brigitte diese bekommen und erst für sich und die Großmutter einen guten Teil davon nehmen und dem Peter den seinigen in verschiedenen Lieferungen abgeben. Jetzt kam noch ein

Säckchen Tabak; der war für den Großvater, der ja so gern ein Pfeifchen rauchte, wenn er am Abend vor der Hütte saß. Zuletzt kam noch eine Anzahl geheimnisvoller Säckchen, Päckchen und Schächtelchen, welche Klara mit besonderer Freude zusammengekramt hatte, denn da sollte das Heidi allerhand Überraschungen finden, die ihm große Freude machen würden. Endlich war das Werk beendet, und ein stattlicher Ballen lag reisefertig an der Erde. Fräulein Rottenmeier schaute darauf nieder, in tiefsinnige Betrachtungen über die Kunst zu packen versunken. Klara ihrerseits warf Blicke froher Erwartung darauf hin, denn sie sah das Heidi vor sich, wie es vor Überraschung in die Höhe springen und aufjauchzen würde, wenn das ungeheure Paket bei ihm anlangte.

Jetzt trat Sebastian herein und hob mit einem starken Schwung den Ballen auf seine Schulter, um ihn unverzüglich nach dem Hause des Herrn Doktors zu spedieren.

Ein Gast auf der Alm

Das Frührot glühte über den Bergen, und ein frischer Morgenwind rauschte durch die Tannen und wogte die alten Äste mächtig hin und her. Das Heidi schlug seine Augen auf, der Ton hatte es erweckt. Dieses Rauschen packte das Heidi immer im Innersten seines Wesens und zog es mit Gewalt hinaus unter die Tannen. Es schoß von seinem Lager auf und hatte kaum Zeit, sich fertigzumachen; das mußte aber doch sein, denn Heidi wußte nun recht gut, daß man immer sauber und ordentlich aussehen muß. Jetzt kam es von dem Leiterchen herunter; des Großvaters Lager war schon leer; es sprang hinaus. Draußen vor der Tür stand der Großvater und schaute den Himmel nach allen Seiten hin an, wie er jeden Morgen tat, um zu sehen, wie der Tag werden wollte.

Es zogen rosige Wölkchen oben hin, und mehr und mehr blaute der Himmel, und drüben floß es wie lauter Gold über die Höhen und das Weideland, denn eben kam droben die Sonne über die hohen Felsen heraufgestiegen.

„O wie schön! O wie schön! Guten Tag, Großvater“, rief das Heidi heranspringend.

„So, sind deine Augen auch schon hell?“ gab der Großvater zurück, dem Heidi die Hand zum Morgengruß hinhaltend.

Jetzt lief das Heidi unter die Tannen und hüpfte vor Freuden über das Tosen und Sausen da droben unter den wogenden Ästen herum, und bei jedem neuen Windstoß und lauten Wipfelbrausen jauchzte es auf vor Wonne und sprang noch ein wenig höher.

Unterdessen war der Großvater zum Stalle hingegangen und hatte dem Schwänli und Bärli die Milch abgenommen; dann hatte er beide schön geputzt und gewaschen zur Bergreise und brachte sie nun auf den Platz heraus. Als das Heidi seine Freunde erblickte, kam es herangesprungen und faßte sie beide um den Hals, begrüßte sie zärtlich, und sie meckerten fröhlich und zutraulich, und jede von den Geißen wollte dem Heidi mehr Zuneigung beweisen und drückte ihren Kopf noch immer näher an seine Schultern heran, so daß es zwischen den zweien fast zerdrückt wurde. Aber das Heidi hatte keine Furcht, und wenn das lebhafte Bärli gar zu arg bohrte und drängte mit seinem Kopfe, dann sagte das Heidi: „Nein, Bärli, du stößt ja wie der große Türk“, und augenblicklich zog Bärli seinen Kopf zurück und stellte sich ganz anständig hin, und das Schwänli hatte auch schon seinen Kopf in die Höhe gereckt und machte eine vornehme Gebärde, so daß man deutlich sehen konnte, es dachte bei sich: Das soll mir denn keiner nachsagen, daß ich mich benehme wie der Türk. Denn das schneeweiße Schwänli war noch ein wenig vornehmer als das braune Bärli.

Jetzt hörte man von unten herauf die Pfiffe des Peter ertönen, und bald kamen sie heraufgesprungen, die lustigen Geißen alle, voran der flinke Distelfink in hohen Sprüngen. Gleich war das Heidi wieder mitten in dem Rudel drin, und vor lauter stürmischen Begrüßungen wurde es hin- und hergeschoben, und dann schob es wieder ein wenig, denn es wollte zu dem schüchternen Schneehöppli vordringen, das ja von den größeren immer wieder weggedrängt wurde, wenn es dem Heidi entgegenstrebte.

Nun kam der Peter heran und tat einen letzten, fürchterlichen Pfiff, der sollte die Geißen aufscheuchen und der Weide zujagen, denn er wollte Platz bekommen, um dem Heidi etwas zu sagen. Die Geißen sprangen ein wenig auseinander auf den Pfiff hin; so konnte der Peter vorrücken und sich nun vor das Heidi hinstellen.

„Du kannst einmal wieder mitkommen heut“, war seine etwas störrige Anrede.

„Nein, das kann ich nicht, Peter“, entgegnete das Heidi. „Jeden Augenblick können sie jetzt von Frankfurt kommen, und dann muß ich daheim sein.“

„Das hast du schon manchmal gesagt“, brummte der Peter.

„Es gilt aber immer noch, und es gilt, bis sie kommen“, gab das Heidi zurück. „Oder meinst du etwa, ich müsse nicht daheim sein, wenn sie von Frankfurt zu mir kommen? Meinst du etwa so etwas, Peter?“

„Sie können zum Öhi kommen“, versetzte der Peter knurrend.

Jetzt ertönte von der Hütte her die kräftige Stimme des Großvaters: „Warum geht's nicht vorwärts mit der Armee? Fehlt's am Feldmarschall oder an den Truppen?“

Augenblicklich machte der Peter kehrum, schwang seine Rute in der Luft, daß sie sauste und alle Geißen, die den Ton wohl kannten, auf und davon rannten, der Peter hinter ihnen drein, alle miteinander in vollem Trabe den Berg hinan.

Seit das Heidi wieder daheim beim Großvater war, kam ihm hier und da etwas in den Sinn, woran es vorher nicht gedacht hatte. So machte es jetzt alle Morgen mit großer Anstrengung sein Bett zurecht und strich so lange daran herum, bis es ganz glatt aussah. Dann lief es in der Hütte hin und her, stellte jeden Stuhl an seinen Ort, und was etwa da und dort herumlag oder -hing, das kramte es alles in den Schrank hinein. Dann holte es einen Lappen herbei, kletterte auf einen Stuhl hinauf und rieb so lange mit seinem Lappen auf dem Tische herum, bis dieser ganz blank war. Wenn dann der Großvater wieder hereinkam, schaute er wohlgefällig um sich und sagte etwa: „Bei uns ist's jetzt immer wie Sonntag, das Heidi ist nicht vergebens in der Fremde gewesen."

Auch heute hatte Heidi, nachdem der Peter fortgetrabt war und es mit dem Großvater gefrühstückt hatte, sich gleich an seine Geschäfte gemacht, aber es wurde fast nicht fertig damit. Draußen war es heut morgen gar so schön, und alle Augenblicke geschah wieder etwas, was das Kind in seiner Tätigkeit unterbrach. Jetzt kam durch das offene Fenster ein Sonnenstrahl so lustig hereingeschossen, und es war geradezu, als riefe er: „Komm heraus, Heidi, komm heraus!" Da konnte es nicht mehr drinnen bleiben, es rannte hinaus. Da lag der funkelnde Sonnenschein um die ganze Hütte herum, und auf allen Bergen glänzte er und weit, weit das Tal hinunter, und der Boden dort am Abhang sah so goldig und trocken aus, es mußte ein wenig darauf niedersetzen und umherschauen. Dann kam ihm auf einmal in den Sinn, daß das Dreibeinstühlchen noch mitten in der Hütte stand und der Tisch noch nicht geputzt war vom Morgenessen. Nun sprang es schnell auf und lief in die Hütte zurück. Aber es währte gar nicht lange, so sauste es draußen so mächtig durch die Tannen, daß es dem Heidi in alle Glieder fuhr, es mußte schon wieder hinaus und ein wenig mithüpfen, wenn alle Zweige da droben hin und her wogten und rollten. Der Großvater hatte einstweilen hinten im Schopf allerlei Arbeit zu verrichten; er trat von Zeit zu Zeit unter die Tür hinaus und schaute lächelnd Heidis Sprüngen zu. Eben war er wieder zurückgetreten, als mit einemmal das Heidi laut aufschrie:

„Großvater, Großvater! Komm, komm!"

Er trat rasch wieder heraus, fast erschrocken, was mit dem Kinde sei. Da sah er, wie dieses dem Abhange zulief, laut schreiend: „Sie kommen, sie kommen! Und voran der Herr Doktor!"

Das Heidi stürzte seinem alten Freunde entgegen. Dieser streckte grüßend die Hand aus. Wie das Kind ihn erreicht hatte, umfaßte es zärtlich den ausgestreckten Arm und rief in voller Herzensfreude: „Guten Tag, Herr Doktor! Und ich danke auch noch vieltausendmal!"

„Grüß Gott, Heidi! Und wofür dankst du denn schon?“ fragte freundlich lächelnd der Herr Doktor.

„Daß ich wieder heim konnte zum Großvater“, erklärte ihm das Kind.

Dem Herrn Doktor ging's wie ein Sonnenschein über das Gesicht. Diesen Empfang auf der Alp hatte er nicht erwartet. Im Gefühl seiner Einsamkeit war er unter tiefsinnigen Gedanken den Berg hinaufgestiegen und hatte noch nicht einmal gesehen, wie schön es um ihn her war und daß es immer schöner wurde. Er hatte angenommen, das Kind Heidi werde ihn kaum mehr kennen; es hatte ihn so wenig gesehen, und er kam sich vor wie einer, der kommt, den Leuten eine Enttäuschung zu bereiten, und den sie darum nicht ansehen mögen, weil er ja die erwarteten Freunde nicht mitbrachte. Statt dessen leuchtete dem Heidi die helle Freude aus den Augen, und voller Dank und Liebe hielt es immer noch den Arm seines guten Freundes fest.

Mit väterlicher Zärtlichkeit nahm der Herr Doktor das Kind bei der Hand. „Komm, Heidi“, sagte er in freundlichster Weise, „führe mich nun zu deinem Großvater und zeige mir, wo du daheim bist.“

Aber das Heidi blieb noch stehen und schaute verwundert den Berg hinunter.

„Wo sind denn Klara und die Großmama?“ fragte es jetzt.

„Ja, nun muß ich dir's sagen, was dir leid tun wird wie mir auch“, erwiderte der Herr Doktor. „Sieh, Heidi, ich komme allein. Klara war recht krank und konnte nicht mehr reisen, und so kam auch die Großmama nicht mit. Aber dann im Frühjahr, wenn die Tage wieder warm und schön lang werden, dann kommen sie ganz sicher.“

Das Heidi stand sehr betroffen da; es konnte gar nicht fassen, daß es nun alles, was es so sicher vor sich gesehen hatte, auf einmal gar nicht mehr sehen sollte. Regungslos stand es eine Weile wie verwirrt von dem Unerwarteten. Schweigend stand der Herr Doktor vor ihm, und ringsum war alles still, nur hoch oben hörte man den Wind durch die Tannen sausen. Da fiel es dem Heidi auf einmal wieder ein, warum es heruntergelaufen sei und daß der Herr Doktor ja gekommen sei. Es schaute zu ihm auf. Da lag etwas so Trauriges in den Augen, die zu ihm niederschauten, wie es noch gar nicht gesehen hatte. So war es nie gewesen, wenn der Herr Doktor in Frankfurt es angeblickt hatte. Das ging dem Heidi zu Herzen; es konnte nicht sehen, daß jemand traurig war, und nun gar der gute Herr Doktor. Gewiß war er so, weil Klara und die Großmama nicht hatten mitkommen können. Es suchte schnell nach einem Trost und fand ihn.

„Oh, es währt gewiß nicht lange, bis es wieder Frühling wird, und dann kommen sie ja bestimmt“, tröstete das Heidi. „Bei uns währt es gar nie lange, und dann können sie ja viel länger dableiben, das will die Klara gewiß noch lieber. Und jetzt wollen wir zum Großvater hinauf.“ Hand in Hand mit dem guten Freunde stieg es nun zu der Hütte hinan. Es war dem Heidi so sehr daran gelegen, den Herrn Doktor wieder froh zu machen, daß es ihn noch einmal zu überzeugen anfing, es währe so wenig lange auf der Alm, bis die langen, warmen Sommertage wiederkommen, daß man es kaum merke, und dabei wurde das Heidi selbst so überzeugt von seinem Trost, daß es oben dem Großvater ganz fröhlich entgegenrief:

„Sie sind noch nicht da, aber es währt gar nicht lange, so kommen sie auch.“

Für den Großvater war der Herr Doktor kein Fremder, das Kind hatte ja so viel von ihm gesprochen. Der Alte streckte seinem Gaste die Hand entgegen und bewillkommte ihn mit Herzlichkeit. Dann setzten sich die Männer auf die Bank an der Hütte. Auch für das Heidi wurde da noch ein Plätzchen gemacht, und der Herr Doktor winkte ihm freundlich, daß es neben ihm sitzen solle. Nun fing er an zu erzählen, wie Herr Sesemann ihn ermuntert habe, die Reise zu machen, und wie er auch selbst gefunden, es möchte gut für ihn sein, da er sich seit langem nicht mehr recht frisch und rüstig fühle. Dem Heidi sagte er dann ins Ohr, es werde bald noch etwas den Berg heraufkommen, das aus Frankfurt mit hergereist sei und ihm eine viel größere Freude machen werde als der alte Doktor. Das Heidi war sehr gespannt darauf zu erfahren, was das sein könne. Der Großvater ermunterte den Herrn Doktor sehr, die schönen

Herbsttage noch auf der Alm zuzubringen oder wenigstens an jedem schönen Tage heraufzukommen, denn hier oben zu bleiben, dazu konnte ihn der Almöhi nicht einladen, da war ja keine Gelegenheit, den Herrn zu logieren. Er riet aber seinem Gaste, nicht bis nach Ragaz zurückzukehren, sondern unten im Dörfli ein Zimmer zu beziehen, das er im dortigen Wirthause in einer einfachen, aber ganz ordentlichen Art finden werde. So könnte der Herr Doktor jeden Morgen nach der Alm heraufkommen, was ihm wohltun müßte, meinte der Öhi, auch würde er dann gern den Herrn noch auf allerlei Punkte führen, weiter hinauf in die Berge, wo es ihm gefallen sollte. Diesem gefiel der ganze Vorschlag sehr wohl, und es wurde festgesetzt, daß er ausgeführt werden sollte.

Unterdessen war die Sonne in den Mittag gekommen; der Wind hatte sich schon lange gelegt, und die Tannen waren ganz still geworden. Die Luft war für die Höhe noch mild und lieblich und säuselte erfrischende Kühle um die sonnenbeschienene Bank.

Jetzt stand der Almöhi auf und ging in die Hütte hinein, kam aber gleich wieder und brachte einen Tisch heraus, den er vor die Bank hinstellte.

„So, Heidi, nun hol herbei, was wir zum Essen brauchen“, sagte er. „Der Herr muß nun vorlieb nehmen; ist unsere Küche auch einfach, so ist das Eßzimmer doch anständig.“

„Das meine ich auch“, erwiderte der Herr Doktor, indem er auf das sonnenbeleuchtete Tal hinunterschaute, „und die Einladung nehme ich an, hier oben muß es schmecken.“

Das Heidi lief nun hin und her wie ein Wiesel und brachte herbei, was es nur drinnen im Schranke finden konnte, denn daß es den Herrn Doktor bewirten durfte, war ihm eine ungeheure Freude. Der Großvater bereitete unterdessen das Mahl und trat nun heraus mit dem dampfenden Milchkruge und dem goldig glänzenden Käsebraten. Dann schnitt er schöne, durchsichtige Schnitten von dem rosigen Fleisch herunter, das er hier oben an der reinen Luft getrocknet hatte. Dem Herrn Doktor schmeckte sein Mittagsmahl so gut wie das ganze Jahr durch noch kein einziges Mal.

„Ja, ja, hierhin muß unsere Klara kommen“, sagte er jetzt. „Da wird sie zu ganz neuen Kräften gelangen, und wenn sie eine Zeitlang ißt wie ich heute, so wird sie rund und fest werden, wie sie in ihrem Leben noch nie war.“

Jetzt kam von unten herauf einer angestiegen, der hatte einen großen Ballen auf dem Rücken. Wie er oben bei der Hütte ankam, warf er seine Last auf den Boden hin und zog ein paar gute Züge von der frischen Almluft ein.

„Ah, da kommt, was mit mir von Frankfurt hergereist ist“, sagte der Herr Doktor aufstehend, und das Heidi mit sich ziehend, trat er an den Ballen hin und fing an, ihn aufzulösen. Als die erste schwere Hülle weg war, sagte er: „So, Kind, nun fahr weiter fort und hol dir deine Schätze selbst heraus.“

Das Heidi tat so, und wie nun alles auseinanderrollte, schaute es mit großen, verwunderten Augen auf die Dinge hin. Erst als der Herr Doktor wieder herzutrat und von der großen Schachtel den Deckel weghob, dem Heidi bedeutend: „Sieh, was die Großmutter zum Kaffee bekommt“, da schrie es auf vor Freuden: „Oh! Oh! Jetzt kann die Großmutter einmal schöne Kuchen essen!“ und sprang rings um die Schachtel herum und wollte gleich alles zusammenpacken und zur Großmutter hinuntereilen. Aber der Großvater sagte, gegen Abend wollten sie dann miteinander den Herrn Doktor begleiten und die Sachen mitnehmen. Jetzt fand das Heidi auch das schöne Säckchen Tabak und brachte es schnell dem Großvater herüber. Das gefiel ihm sehr wohl. Er füllte gleich sein Pfeifchen damit, und die beiden Männer sprachen nun, auf der Bank sitzend und große Rauchwolken von sich blasend, über allerhand Dinge, während das Heidi hin und her sprang von einem seiner Schätze zum andern. Auf einmal kam es wieder zu der Bank zurück, stellte sich vor den Gast hin, und sowie die erste Pause im Gespräch entstand, sagte es sehr bestimmt:

„Nein, das andere hat mir nicht mehr Freude gemacht als der alte Herr Doktor.“

Die beiden Männer mußten ein wenig lachen, und der Herr Doktor sagte, das hätte er nicht gedacht.

Als die Sonne halb hinter die Berge hinabsteigen wollte, stand der Gast auf, um seine Rückreise nach dem Dörfli anzutreten und dort Quartier zu nehmen. Der Großvater packte die Kuchenschachtel, die große Wurst und das Tuch unter seinen Arm, der Herr Doktor nahm das Heidi an die Hand, und so wanderten sie den Berg hinunter bis zur Geißenpeter-Hütte. Hier mußte das Heidi Abschied nehmen. Es sollte drinnen bei der Großmutter warten, bis es wieder abgeholt würde vom Großvater, welcher seinen Gast nach dem Dörfli hinunter geleiten wollte. Als der Herr Doktor dem Heidi die Hand zum Abschied bot, fragte es: „Wollen Sie etwa gern morgen mit den Geißen auf die Weide hinaufgehen?", denn das war das Schönste, was es kannte.

„Es bleibt dabei, Heidi", erwiderte er, „wir gehen zusammen."

Nun gingen die Männer weiter, und das Heidi trat bei der Großmutter ein. Erst schleppte es mit Anstrengung die Kuchenschachtel mit, dann mußte es wieder hinaus, um die Wurst zu holen, denn der Großvater hatte alles vor der Tür niedergelegt. Nachher mußte es erst noch einmal hinaus, das große Tuch zu holen. Es brachte alles so nahe an die Großmutter heran als nur möglich, damit sie recht alles berühren könne und wisse, was es sei. Das Tuch legte es ihr auf die Knie.

„Es ist alles aus Frankfurt, von der Klara und der Großmama", berichtete es der hocherstaunten Großmutter und der verwunderten Brigitte, der die Überraschung so in die Glieder gefahren war, daß sie unbeweglich zugeschaut hatte, wie das Heidi mit der größten Anstrengung die schweren Gegenstände hereingeschleppt und nun alles vor ihren Augen ausgebreitet hatte.

„Aber gelt, Großmutter, die Kuchen freuen dich furchtbar stark? Sieh nur, wie weich sie sind!" rief das Heidi immer wieder, und die Großmutter bestätigte: „Ja, ja, gewiß, Heidi, was sind das auch für gute Leute!" Dann strich sie wieder mit der Hand über das warme, weiche Tuch und sagte: „Aber das ist etwas Herrliches für den kalten Winter! Das ist etwas so Prächtiges, daß ich nie geglaubt hätte, ich könnte in meinem Leben dazu kommen."

Das Heidi aber mußte sich sehr verwundern, daß die Großmutter an dem grauen Tuch noch mehr Freude haben konnte als an den Kuchen. Die Brigitte stand immer noch vor der Wurst, die auf dem Tische lag, und schaute sie fast mit Verehrung an. In ihrem ganzen Leben hatte sie nie eine solche Riesenwurst gesehen, und diese sollte sie nun selbst besitzen und einmal sogar anschneiden; das kam ihr unglaublich vor. Sie schüttelte den Kopf und sagte zaghaft: ‚Man wird doch noch den Öhi fragen müssen, wie das gemeint sei."

Aber das Heidi sagte ganz ohne Zweifel:

„Das ist zum Essen gemeint und gar nicht anders."

Jetzt kam der Peter hereingestolpert: „Der Almöhi kommt hinter mir drein, das Heidi soll..."; er konnte nicht mehr weiter. Seine Blicke waren auf den Tisch gefallen, wo die Wurst lag, und der Anblick hatte ihn so überwältigt, daß er kein Wort mehr fand. Aber das Heidi hatte schon gemerkt, was kommen sollte, und gab schnell der Großmutter die Hand. Der Almöhi ging zwar jetzt nie mehr an der Hütte vorbei, ohne schnell hereinzutreten und die Großmutter zu grüßen, und sie freute sich auch immer, wenn sie seinen Schritt hörte, denn er hatte jedesmal ein ermunterndes Wort für sie; aber heute war es spät geworden für das Heidi, das alle Morgen mit der Sonne draußen war. Der Großvater aber sagte: „Das Kind muß seinen Schlaf haben", und dabei blieb er. So rief er durch die offene Tür der Großmutter nur eine gute Nacht zu und nahm das heranspringende Heidi bei der Hand, und unter dem flimmernden Sternenhimmel hin wanderten die beiden ihrer friedlichen Hütte zu.

Eine Vergeltung

Am anderen Morgen in der Frühe stieg der Herr Doktor vom Dörfli den Berg hinan in der Gesellschaft des Peter und seiner Geißen. Der freundliche Herr versuchte ein paarmal mit dem Geißbuben ein Gespräch anzuknüpfen, aber es gelang ihm nicht, kaum daß er als Antwort auf einleitende Fragen unbestimmte, einsilbige Worte zu hören bekam. Der

Peter ließ sich nicht so leicht in ein Gespräch ein. So wanderte die ganze schweigende Gesellschaft bis hinauf zur Almhütte, wo schon erwartend das Heidi stand mit seinen beiden Geißen, alle drei munter und fröhlich wie der frühe Sonnenschein auf allen Höhen.

„Kommst mit?“ fragte der Peter, denn als Frage oder als Aufforderung sprach er jeden Morgen diesen Gedanken aus.

„Freilich, natürlich, wenn der Herr Doktor mitkommt“, gab das Heidi zurück.

Der Peter sah den Herrn ein wenig von der Seite an.

Jetzt trat der Großvater hinzu, das Mittagsbrotsäckchen in der Hand. Erst grüßte er den Herrn mit aller Ehrerbietung, dann trat er zum Peter hin und hing ihm das Säckchen um.

Es war schwerer als sonst, denn der Öhi hatte ein schönes Stück von dem rötlichen Fleische hineingelegt. Er hatte gedacht, vielleicht gefalle es dem Herrn droben auf der Weide und er nehme dann gern sein Mittagsmahl gleich dort mit den Kindern ein. Der Peter lächelte fast von einem Ohr bis zum andern, denn er ahnte, daß da drinnen etwas Ungewöhnliches versteckt sei.

Nun wurde die Bergfahrt angetreten. Das Heidi wurde ganz von seinen Geißen umringt, jede wollte zunächst bei ihm sein, und eine schob die andere immer ein wenig seitwärts. So wurde es eine Zeitlang mitten in dem Rudel mit fortgeschoben. Aber jetzt stand es still und sagte ermahnend: „Nun müßt ihr artig vorauslaufen, aber dann nicht immer wiederkommen und mich drängen und stoßen. Ich muß jetzt ein wenig mit dem Herrn Doktor gehen.“ Dann klopfte es dem Schneehöppli, das sich immer am nächsten zu ihm hielt, zärtlich auf den Rücken und ermahnte es noch besonders, nun recht folgsam zu sein. Dann arbeitete es sich aus dem Rudel heraus und ging nun neben dem Herrn Doktor her, der es gleich bei der Hand faßte und festhielt. Er mußte jetzt nicht mit Mühe nach einem Gespräch suchen wie vorher, denn das Heidi fing gleich an und hatte ihm so viel zu erzählen von den Geißen und ihren merkwürdigen Einfällen und von den Blumen oben und den Felsen und

Vögeln, daß die Zeit unvermerkt dahinging und sie ganz unerwartet oben auf der Weide anlangten. Der Peter hatte im Hinaufgehen öfters seitwärts auf den Herrn Doktor Blicke geworfen, die diesem einen rechten Schrecken hätten beibringen können; er sah sie aber glücklicherweise nicht.

Oben angelangt, führte das Heidi seinen guten Freund gleich auf die schönste Stelle, wohin es immer ging und sich auf den Boden setzte und umherschaute, denn da gefiel es ihm am besten. Es tat, wie es gewohnt war, und der Herr Doktor ließ sich gleich auch neben Heidi auf den sonnigen Weideboden nieder. Ringsum leuchtete der goldene Herbsttag über die Höhen und das weite grüne Tal. Von den unteren Alpen tönten überall die Herdenglocken herauf, so lieblich und wohltuend, als ob sie weit und breit den Frieden einläuteten. Auf dem großen Schneefelde drüben blitzten funkelnd und flimmernd goldene Sonnenstrahlen hin und her, und der graue Falknis hob seine Felsentürme in alter Majestät hoch in den dunkelblauen Himmel hinauf. Der Morgenwind wehte leise und wonnig über die Alp und bewegte nur sachte die letzten blauen Glockenblümchen, die noch übriggeblieben waren von der großen Schar des Sommers und nun noch wohlig ihre Köpfchen im warmen Sonnenscheine wiegten. Obenhin flog der große Raubvogel in weiten Bogen umher, aber er krächzte heute nicht. Mit ausgebreiteten Flügeln schwamm er ruhig durch die Bläue und ließ sich's wohl sein. Das Heidi guckte dahin und dorthin. Die lustig nickenden Blumen, der blaue Himmel, der fröhliche Sonnenschein, der vergnügte Vogel in den Lüften, alles war so schön, so schön! Heidis Augen funkelten vor Wonne. Nun schaute es nach seinem Freunde, ob er auch alles recht sehe, was so schön war. Der Herr Doktor hatte bis jetzt still und gedankenvoll um sich geblickt. Wie er nun den freudeglänzenden Augen des Kindes begegnete, sagte er:

„Ja, Heidi, es könnte schön sein hier, aber was meinst du? Wenn einer ein trauriges Herz hierher brächte, wie müßte er es wohl machen, daß er an all dem Schönen sich freuen könnte?“

„Oh, oh!“ rief das Heidi ganz fröhlich aus. „Hier hat man gar nie ein trauriges Herz, nur in Frankfurt.“

Der Herr Doktor lächelte ein wenig, aber das ging schnell vorüber. Dann sagte er wieder: „Und wenn einer käme und alles Traurige aus Frankfurt mit hier heraufbrächte, Heidi; weißt du da auch noch etwas, das ihm helfen könnte?“

„Man muß nur alles dem lieben Gott sagen, wenn man gar nicht mehr weiß, was machen“, sagte das Heidi ganz zuversichtlich.

„Ja, das ist schon ein guter Gedanke, Kind“, bemerkte der Herr Doktor. „Wenn es aber von ihm selbst kommt, was so ganz traurig und elend macht, was kann man da dem lieben Gott sagen?“

Das Heidi mußte nachdenken, was dann zu machen sei; es war aber ganz zuversichtlich, daß man für alle Traurigkeit eine Hilfe vom lieben Gott erhalten könne. Es suchte seine Antwort in seinen eigenen Erlebnissen.

„Dann muß man warten“, sagte es nach einer Weile mit Sicherheit, „und nur immer denken: jetzt weiß der liebe Gott schon etwas Freudiges, das dann nachher aus dem anderen kommt, man muß nur noch ein wenig still sein und nicht fortlaufen. Dann kommt auf einmal alles so, daß man ganz gut sehen kann, der liebe Gott hatte die ganze Zeit nur etwas Gutes im Sinn gehabt; aber weil man das vorher noch nicht so sehen kann, sondern immer nur das furchtbar Traurige, so denkt man, es bleibe dann immer so.“

„Das ist ein schöner Glaube, den mußt du festhalten, Heidi“, sagte der Herr Doktor. Eine Weile schaute er schweigend auf die mächtigen Felsenberge hinüber und in das sonnenleuchtende grüne Tal hinab, dann sagte er wieder:

„Siehst du, Heidi, es könnte einer hier sitzen, der einen großen Schatten auf den Augen hätte, so daß er das Schöne gar nicht aufnehmen könnte, das ihn hier umgibt. Dann möchte doch wohl das Herz traurig werden hier, doppelt traurig, wo es so schön sein könnte. Kannst du das verstehen?“

Jetzt schoß dem Heidi etwas Schmerzliches in sein frohes Herz. Der große Schatten auf den Augen brachte ihm die Großmutter in Erinnerung, die ja nie mehr die helle Sonne und all das Schöne hier oben sehen konnte. Das war ein Leid in Heidis Herzen, das immer neu erwachte, sobald die Sache ihm wieder ins Bewußtsein kam. Es schwieg eine Weile ganz still, denn das Weh hatte es so mitten in die Freude hineingetroffen. Dann sagte es ernsthaft:

„Ja, das kann ich schon verstehen. Aber ich weiß etwas: Dann muß man die Lieder der Großmutter sagen, die machen einem wieder ein wenig helle und manchmal so hell, daß man ganz fröhlich wird. Das hat die Großmutter gesagt.“

„Welche Lieder, Heidi?“ fragte der Herr Doktor.

„Ich kann nur das von der Sonne und dem schönen Garten und noch von dem andern langen die Verse, die der Großmutter lieb sind, denn die muß ich immer dreimal lesen“, erwiderte das Heidi.

„So sag mir einmal diese Verse, die möchte ich auch hören“, und der Herr Doktor setzte sich zurecht, um aufmerksam zuzuhören.

Heidi legte seine Hände ineinander und besann sich noch ein Weilchen:

„Soll ich dort anfangen, wo die Großmutter sagt, daß einem wieder eine Zuversicht ins Herz kommt?“

Der Herr Doktor nickte bejahend.

Jetzt begann Heidi:

„Ihn, ihn laß tun und walten,
Er ist ein weiser Fürst
Und wird es so gestalten,
Daß du dich wundern wirst,
Wenn er, wie ihm gebühret,
Mit wunderbarem Rat

Das Werk hinausgeführet,
Das dich bekümmert hat.

Er wird zwar eine Weile
Mit seinem Trost verziehn
Und tun an seinem Teile,
Als hätt' in seinem Sinn
Er deiner sich begeben,
Als sollt'st du für und für
In Angst und Nöten schweben,
Als fragt' er nichts nach dir.

Wird's aber sich begeben,
Daß du ihm treu verbleibst,
So wird er dich erheben,
Da du's am mind'sten gläubst.
Er wird dein Herz erlösen
Von der so schweren Last,
Die du zu keinem Bösen
Bisher getragen hast.“

Heidi hielt plötzlich inne, es war nicht sicher, daß der Herr Doktor auch noch zuhöre. Er hatte die Hand über seine Augen gebreitet und saß unbeweglich da. Es dachte, er sei vielleicht ein wenig eingeschlafen; wenn er dann wieder erwachte und noch mehr Verse hören wollte, würde er es schon sagen. Jetzt war alles still. Der Herr Doktor sagte nichts, aber er schlief doch nicht. Er war in eine längst vergangene Zeit zurückversetzt. Da stand er als ein kleiner Junge neben dem Sessel seiner lieben Mutter; die hatte ihren Arm um seinen Hals gelegt und sagte ihm das Lied vor, das er eben von Heidi hörte und das er so lange nicht mehr vernommen hatte. Jetzt hörte er die Stimme seiner Mutter wieder und sah ihre guten Augen so liebevoll auf ihm ruhen, und als die Worte des Liedes verklungen waren, hörte er die freundliche Stimme noch andere Worte zu ihm sprechen. Die mußte er gern hören und ihnen weit nachgehen in seinen

Gedanken, denn noch lange Zeit saß er so da, das Gesicht in seine Hand gelegt, schweigend und regungslos. Als er sich endlich aufrichtete, sah er, wie das Heidi in Verwunderung nach ihm blickte. Er nahm die Hand des Kindes in die seinige.

„Heidi, dein Lied war schön", sagte er, und seine Stimme klang froher, als sie bis jetzt geklungen hatte. „Wir wollen wieder hierherkommen, dann sagst du mir's noch einmal."

Während dieser ganzen Zeit hatte der Peter genug zu tun gehabt, seinem Ärger Luft zu machen. Da war das Heidi seit vielen Tagen nicht mit auf der Weide gewesen, und nun, da es endlich einmal wieder mit war, saß der alte Herr die ganze Zeit neben ihm, und der Peter konnte gar nicht an das Heidi herankommen. Das verdroß ihn sehr stark. Er stellte sich in einiger Entfernung hinter dem ahnungslosen Herrn auf, so daß dieser ihn nicht sehen konnte, und hier machte er erst eine große Faust und schwang sie drohend in der Luft herum, und nach einiger Zeit machte er zwei Fäuste, und je länger das Heidi neben dem Herrn sitzen blieb, je schrecklicher ballte der Peter seine Fäuste und streckte sie immer höher und drohender in die Luft hinauf hinter dem Rücken des Bedrohten.

Unterdessen war die Sonne dahin gekommen, wo sie steht, wenn man zu Mittag essen muß; das kannte der Peter genau. Auf einmal schrie er aus allen Kräften zu den zweien hinüber:

„Man muß essen!"

Heidi stand auf und wollte den Sack herbeiholen, damit der Herr Doktor auf dem Platze, wo er saß, sein Mittagsmahl abhalten könne. Aber er sagte, er habe keinen Hunger, er wünsche nur ein Glas Milch zu trinken, dann wolle er gern noch ein wenig auf der Alp umhergehen und etwas weiter hinaufsteigen. Da fand das Heidi, dann habe es auch keinen Hunger und wolle auch nur Milch trinken, und nachher wolle es den Herrn Doktor hinaufführen zu den großen, moosbedeckten Steinen hoch oben, wo der Distelfink einmal fast hinuntergesprungen wäre und wo alle die würzigen Kräutlein wuchsen. Es lief zum Peter hinüber und erklärte ihm alles und daß er nun erst eine Schale Milch vom Schwänli nehmen müsse für den Herrn Doktor und dann noch eine, die wolle es für sich haben. Der Peter schaute erst eine Weile sehr erstaunt das Heidi an, dann fragte er:

„Wer muß haben, was im Sack ist?“

„Das kannst du haben, aber zuerst mußt du die Milch geben, und hurtig“, war Heidis Antwort.

So rasch hatte der Peter in seinem Leben noch keine Tat vollendet, als er nun diese fertigbrachte, denn er sah immer den Sack vor sich und wußte noch nicht, wie das aussah, was drinnen war und ihm gehörte. Sobald drüben die beiden ruhig ihre Milch tranken, öffnete der Peter den Sack und tat einen Blick hinein. Als er das wundervolle Stück Fleisch gewahr wurde, da schüttelte es den ganzen Peter vor Freude, und er tat noch einen Blick hinein, um sich zu versichern, daß es auch wahr sei. Dann fuhr er mit der Hand in den Sack hinein, um die erwünschte Gabe zum Genuß herauszuholen. Aber auf einmal zog er die Hand wieder zurück, als ob er nicht zugreifen dürfe. Es war dem Peter in den Sinn gekommen, wie er dort hinter dem Herrn gestanden und gegen ihn gefaustet hatte, und nun schenkte ihm derselbe Herr sein ganzes unvergleichliches Mittagsessen. Jetzt reute den Peter seine Tat, denn es war ihm gerade so, wie wenn sie ihn verhinderte, sein schönes Geschenk herauszunehmen und sich daran zu erlaben. Auf einmal sprang er in die Höhe und lief zurück auf die Stelle hin, wo er gestanden hatte. Da streckte er seine beiden Hände ganz flach in die Luft hinauf, zum Zeichen, daß das Fausten nicht mehr gelte, und so blieb er eine gute Weile stehen, bis er das Gefühl hatte, die Sache sei nun wieder ausgeglichen. Dann kam er in großen Sprüngen zu dem Sack zurück, und nun, da das gute Gewissen hergestellt war, konnte er mit vollem Vergnügen in sein ungewöhnlich leckeres Mittagsmahl beißen.

Der Herr Doktor und das Heidi waren lange miteinander herumgewandert und hatten sich sehr gut unterhalten. Jetzt aber fand der Herr, es sei Zeit für ihn zurückzukehren, und meinte, das Kind wolle nun auch gern noch ein wenig bei seinen Geißen bleiben. Aber das kam dem

Heidi nicht in den Sinn, denn dann mußte ja der Herr Doktor mutterseelenallein die ganze Alp hinuntergehen. Bis zur Hütte vom Großvater wollte es ihn durchaus begleiten und auch noch ein Stück darüber hinaus. Es ging immer Hand in Hand mit seinem guten Freunde und hatte auf dem ganzen Wege ihm noch genug zu erzählen und ihm alle Stellen zu zeigen, wo die Geißen am liebsten weideten und wo es im Sommer am meisten von den glänzenden gelben Weideröschen und vom roten Tausendgüldenkraut und noch anderen Blumen gebe. Die wußte es nun alle zu benennen, denn der Großvater hatte ihm den Sommer durch alle ihre Namen beigebracht, so, wie er sie kannte. Aber zuletzt sagte der Herr Doktor, nun müsse es zurückkehren. Sie nahmen Abschied, und der Herr ging den Berg hinunter, doch kehrte er sich von Zeit zu Zeit noch einmal um. Dann sah er, wie das Heidi immer noch auf derselben Stelle stand und ihm nachschaute und mit der Hand ihm nachwinkte. So hatte sein eigenes, liebes Töchterchen getan, wenn er von Hause fortging.

Es war ein klarer, sonniger Herbstmonat. Jeden Morgen kam der Herr Doktor zur Alp herauf, und dann ging es gleich weiter auf eine schöne Wanderung. öfters zog er mit dem Almöhi aus, hoch in die Felsenberge hinauf, wo die alten Wettertannen herunternickten und der große Vogel in der Nähe hausen mußte, denn da schwirrte er manchmal sausend und krächzend ganz nahe an den Köpfen der beiden Männer vorbei. Der Herr Doktor hatte ein großes Wohlgefallen an der Unterhaltung seines Begleiters, und er mußte sich immer mehr verwundern, wie gut der Öhi alle Kräutlein ringsherum auf seiner Alp kannte und wußte, wozu sie gut waren, und wieviel kostbare und gute Dinge er da droben überall herauszufinden wußte; so in den harzigen Tannen und in den dunklen Fichtenbäumen mit den duftenden Nadeln, in dem gekräuselten Moos, das zwischen den alten Baumwurzeln emporsproß, und in all den feinen Pflänzchen und unscheinbaren Blümchen, die noch ganz hoch oben dem kräftigen Alpenboden entsprangen.

Ebenso genau kannte der Alte auch das Wesen und Treiben aller Tiere da oben, der großen und der kleinen, und er wußte dem Herrn Doktor ganz lustige Dinge von der Lebensweise dieser Bewohner der

Felsenlöcher, der Erdhöhlen und auch der hohen Tannenwipfel zu erzählen.

Dem Herrn Doktor verging die Zeit auf diesen Wanderungen, er wußte gar nicht, wie, und oftmals, wenn er am Abend dem Öhi herzlich die Hand zum Abschiede schüttelte, mußte er von neuem sagen: „Guter Freund, von Ihnen gehe ich nie fort, ohne wieder etwas gelernt zu haben."

An vielen Tagen aber, und gewöhnlich an den allerschönsten, wünschte der Herr Doktor mit dem Heidi auszuziehen. Dann saßen die beiden öfter miteinander auf dem schönen Vorsprunge der Alp, wo sie am ersten Tage gesessen hatten, und das Heidi mußte wieder seine Liederverse sagen und dem Herrn Doktor erzählen, was es nur wußte. Dann saß der Peter öfter hinter ihnen an seinem Platze, aber er war jetzt ganz zahm und faustete nie mehr.

So ging der schöne Septembermonat zu Ende. Da kam der Herr Doktor eines Morgens und sah nicht so fröhlich aus, wie er sonst immer ausgesehen hatte. Er sagte, es sei sein letzter Tag, er müsse nach Frankfurt zurückkehren; das mache ihm große Mühe, denn er habe die Alp so liebgewonnen, als wäre sie seine Heimat. Dem Almöhi tat die Nachricht sehr leid, denn auch er hatte sich überaus gern mit dem Herrn Doktor unterhalten, und das Heidi hatte sich so daran gewöhnt, alle Tage seinen liebevollen Freund zu sehen, daß es gar nicht begreifen konnte, wie das nun mit einem Male ein Ende nehmen sollte. Es schaute fragend und ganz verwundert zu ihm auf. Aber es war wirklich so. Der Herr Doktor nahm Abschied vom Großvater und fragte dann, ob das Heidi ihn noch ein wenig begleiten werde. Es ging an seiner Hand den Berg hinunter, aber es konnte immer noch nicht recht fassen, daß er ganz fortgehe.

Nach einer Weile stand der Herr Doktor still und sagte, nun sei das Heidi weit genug gekommen, es müsse zurückkehren. Er fuhr ein paarmal zärtlich mit seiner Hand über das krause Haar des Kindes hin und sagte: „Nun muß ich fort, Heidi! Wenn ich dich nur mit mir nach Frankfurt nehmen und bei mir behalten könnte!"

Dem Heidi stand auf einmal ganz Frankfurt vor den Augen, die vielen, vielen Häuser und steinernen Straßen und auch Fräulein Rottenmeier und die Tinette, und es antwortete ein wenig zaghaft: „Ich wollte doch lieber, daß Sie wieder zu uns kämen."

„Nun ja, so wird's besser sein. So leb wohl, Heidi", sagte freundlich der Herr Doktor und hielt ihm die Hand hin. Das Kind legte die seinige hinein und schaute zu dem Scheidenden auf. Die guten Augen, die zu ihm niederblickten, füllten sich mit Wasser. Jetzt wandte sich der Herr Doktor rasch und eilte den Berg hinunter.

Das Heidi blieb stehen und rührte sich nicht. Die liebevollen Augen und das Wasser, das es darinnen gesehen hatte, arbeiteten stark in seinem Herzen. Auf einmal brach es in ein lautes Weinen aus, und mit aller Macht stürzte es dem Forteilenden nach und rief, von Schluchzen unterbrochen, aus allen Kräften:

„Herr Doktor! Herr Doktor!"

Er kehrte um und stand still.

Jetzt hatte ihn das Kind erreicht. Die Tränen strömten ihm die Wangen herunter, während es herausschluchzte:

„Ich will gewiß auf der Stelle mit nach Frankfurt kommen und will bei Ihnen bleiben, so lang Sie wollen, ich muß es nur noch geschwind dem Großvater sagen."

Der Herr Doktor streichelte beruhigend das erregte Kind.

„Nein, mein liebes Heidi", sagte er mit dem freundlichsten Tone, „nicht jetzt auf der Stelle; du mußt noch unter den Tannen bleiben, du könntest mir wieder krank werden. Aber komm, ich will dich etwas fragen: Wenn ich einmal krank und allein bin, willst du dann zu mir kommen und bei mir bleiben? Kann ich denken, daß sich dann noch jemand um mich kümmern und mich liebhaben will?"

„Ja, ja, dann will ich sicher kommen, noch am gleichen Tag, und Sie sind mir auch fast so lieb wie der Großvater", versicherte das Heidi noch unter fortwährendem Schluchzen.

Jetzt drückte ihm der Herr Doktor noch einmal die Hand, dann setzte er rasch seinen Weg fort. Das Heidi aber blieb auf derselben Stelle stehen und winkte fort und fort mit seiner Hand, solange es nur noch ein Pünktchen von dem forteilenden Herrn entdecken konnte. Als dieser zum letztenmal sich umwandte und nach dem winkenden Heidi und der sonnigen Alp zurückschaute, sagte er leise vor sich hin: „Dort oben ist's gut sein, da können Leib und Seele gesunden, und man wird wieder seines Lebens froh."

Der Winter im Dörfli

Um die Almhütte lag der Schnee so hoch, daß es anzusehen war, als ständen die Fenster auf dem flachen Boden, denn weiter unten war von der ganzen Hütte gar nichts zu sehen, auch die Haustür war völlig verschwunden. Wäre der Almöhi noch oben gewesen, so hätte er dasselbe tun müssen, was der Peter täglich ausführen mußte, weil es gewöhnlich über Nacht wieder geschneit hatte. Jeden Morgen mußte dieser jetzt aus dem Fenster der Stube hinausspringen, und war es nicht sehr kalt, so daß über Nacht alles zusammengefroren war, so versank er dann so tief in dem weichen Schnee, daß er mit Händen und Füßen und mit dem Kopf auf alle Seiten stoßen und werfen und ausschlagen mußte, bis er sich wieder herausgearbeitet hatte. Dann bot ihm die Mutter den großen Besen aus dem Fenster, und mit diesem stieß und scharrte der Peter nun den Schnee vor sich weg, bis er zur Tür kam. Dort hatte er dann eine große Arbeit, denn da mußte aller Schnee abgegraben werden, sonst fiel entweder, wenn er noch weich war und die Tür aufging, die ganze große Masse in die Küche hinein, oder er fror zu, und nun war man ganz vermauert drinnen, denn durch diesen Eisfelsen konnte man nicht dringen, und durch das kleine Fenster konnte nur der Peter hinausschlüpfen. Für diesen brachte dann die Zeit des Gefrierens viele Bequemlichkeiten mit sich. Wenn er ins Dörfli hinunter mußte, öffnete er nur das Fenster, kroch durch und kam draußen zu ebener Erde auf dem festen Schneefelde an. Dann schob ihm die Mutter den kleinen Schlitten durch das Fenster nach, und der Peter hatte sich nur daraufzusetzen und abzufahren, wie und wo er wollte, er kam jedenfalls hinunter, denn die ganze Alm um und um war dann nur ein großer, ununterbrochener Schlittweg.

Der Öhi war nicht auf der Alm den Winter; er hatte Wort gehalten. Sobald der erste Schnee gefallen war, hatte er Hütte und Stall abgeschlossen und war mit dem Heidi und den Geißen nach dem Dörfli hinuntergezogen. Dort stand in der Nähe der Kirche und des Pfarrhauses ein weitläufiges Gemäuer, das war in alter Zeit ein großes Herrenhaus gewesen, was man noch an vielen Stellen sehen konnte, obschon jetzt das Gebäude überall ganz oder halb zerfallen war. Da hatte einmal ein tapferer Kriegsmann gewohnt; der war in spanische Dienste gegangen und hatte da viele tapfere Taten verrichtet und viele Reichtümer erbeutet. Dann war er heimgekommen nach dem Dörfli und hatte aus seiner Beute ein prächtiges Haus errichtet; darinnen wollte er nun wohnen. Aber es ging gar nicht lange, so konnte er es in dem stillen Dörfli nicht mehr aushalten vor Langweile, denn er hatte zu lange draußen in der lärmvollen Welt gelebt. Er zog wieder hinaus und kam gar niemals mehr zurück. Als man nach vielen, vielen Jahren sicher wußte, daß er tot war, übernahm ein ferner Verwandter unten im Tal das Haus, aber es war schon am Verfallen, und der neue Besitzer wollte es nicht mehr aufbauen. So zogen arme Leute in das Haus, die wenig dafür bezahlen mußten, und wenn ein Stück abfiel von dem Gebäude, so ließ man es liegen. Seit jener Zeit waren nun wieder viele Jahre darübergegangen. Schon als der Öhi mit seinem jungen Buben Tobias hergekommen war, hatte er das verfallene Haus bezogen und darin gelebt. Seither hatte es meistens leer gestanden, denn wer nicht verstand, vorweg dem Verfalle ein wenig zu begegnen und die Löcher und Lücken, wo sie entstanden, gleich irgendwie zu stopfen und zu flicken, der konnte da nicht bleiben. Der Winter droben im Dörfli war lang und kalt. Dann blies und wehte es von allen Seiten durch die Räume, daß die Lichter auslöschten und die armen Leute vom Frost geschüttelt wurden. Aber der Öhi wußte sich zu helfen. Gleich nachdem er zu dem Entschluß gekommen war, den Winter im Dörfli zuzubringen, hatte er das alte Haus wieder übernommen und war den Herbst durch öfter heruntergekommen, um darin alles so herzurichten, wie es ihm gefiel. Um die Mitte des Oktobermonats war er dann mit dem Heidi heruntergezogen.

Kam man von hinten an das Haus heran, so trat man gleich in einen offenen Raum ein, da war auf einer Seite die ganze Wand und auf der anderen die halbe eingefallen. Über dieser war noch ein Bogenfenster zu sehen, aber das Glas war längst weg daraus, und dicker Efeu rankte sich darum und hoch hinauf bis zur Decke, die noch zur Hälfte fest war. Die war schön gewölbt, und man konnte gut sehen, das war die Kapelle gewesen. Ohne Tür kam man weiter in eine große Halle hinein, da waren hier und da noch schöne Steinplatten auf dem Boden, und zwischendurch wuchs das Gras dicht empor. Da waren die Mauern auch alle halb weg und große Stücke der Decke dazu, und hätten da nicht ein paar dicke Säulen noch ein festes Stück der Decke getragen, so hätte man denken müssen, diese könne jeden Augenblick auf die Köpfe derer niederfallen, die darunter standen. Hier hatte der Öhi einen Bretterverschlag ringsum gemacht und den Boden dick mit Streu belegt, denn hier in der alten Halle sollten die Geißen logieren. Dann ging es durch allerlei Gänge, immer halb offen, daß einmal der Himmel hereinguckte und einmal wieder die Wiese und der Weg draußen. Aber zuvörderst, wo die schwere, eichene Tür noch fest in den Angeln hing, kam man in eine große, weite Stube hinein, die war noch gut. Da waren noch die vier festen Wände mit dem dunkeln Holzgetäfel ohne Lücken, und in der einen Ecke stand ein ungeheurer Ofen, der ging fast bis an die Decke hinauf, und auf die weißen Kacheln waren große, blaue Bilder hingemalt. Da waren alte Türme darauf, mit hohen Bäumen ringsum, und unter den Bäumen ging ein Jäger dahin mit seinen Hunden. Dann war wieder ein stiller See unter weitschattigen Eichen, und ein Fischer stand daran und hielt seine Rute weit in das Wasser hinaus. Um den ganzen Ofen herum ging eine Bank, so daß man da gleich hinsetzen und die Bilder studieren konnte. Hier gefiel es dem Heidi sogleich. Sowie es mit dem Großvater in die Stube eingetreten war, lief es auf den Ofen zu, setzte sich auf die Bank und fing an die Bilder zu betrachten. Aber wie es, auf der Bank weiter gleitend, bis hinter den Ofen gelangte, nahm eine neue Erscheinung seine ganze Aufmerksamkeit in Beschlag: In dem ziemlich großen Raume zwischen dem Ofen und der Wand waren vier Bretter aufgestellt, so wie zu einem Apfelbehälter. Darinnen lagen aber nicht Äpfel, da lag unverkennbar Heidis Bett, ganz so, wie es oben auf der Alm gewesen war: ein hohes Heulager mit dem Leintuch und dem Sack als Decke darauf. Das Heidi jauchzte auf:

„Oh, Großvater, da ist meine Kammer, o wie schön! Aber wo mußt du schlafen?"

„Deine Kammer muß nahe beim Ofen sein, damit du nicht frierst", sagte der Großvater, „die meine kannst du auch sehen."

Das Heidi hüpfte durch die weite Stube dem Großvater nach, der auf der anderen Seite eine Tür aufmachte, die in einen kleinen Raum hineinführte, da hatte der Großvater sein Lager errichtet. Dann kam aber wieder eine Tür. Das Heidi machte sie geschwind auf und stand ganz verwundert still, denn da sah man in eine Art von Küche hinein, die war so ungeheuer groß, wie es noch nie in seinem Leben eine gesehen hatte. Da war viel Arbeit für den Großvater gewesen, und es blieb auch noch immer viel zu tun übrig, denn da waren Löcher und weite Spalten in den Mauern auf allen Seiten, wo der Wind hereinpfiff, und doch waren schon so viele mit Holzbrettern vernagelt worden, daß es aussah, als wären ringsum kleine Holzschränke in der Mauer angebracht. Auch die große, uralte Tür hatte der Großvater wieder mit vielen Drähten und Nägeln festzumachen verstanden, so daß man sie schließen konnte, und das war gut, denn nachher ging es in lauter verfallenes Gemäuer hinaus, wo dickes Gestrüpp emporwuchs und Scharen von Käfern und Eidechsen ihre Wohnungen hatten.

Dem Heidi gefiel es wohl in der neuen Behausung, und schon am anderen Tage, als der Peter kam, um zu sehen, wie es in der neuen Wohnung zugehe, hatte es alle Winkel und Ecken so genau ausgeguckt, daß es ganz daheim war und den Peter überall herumführen konnte. Es ließ ihm auch durchaus keine Ruhe, bis er ganz gründlich alle die merkwürdigen Dinge betrachtet hatte, die der neue Wohnsitz enthielt.

Das Heidi schlief vortrefflich in seinem Ofenwinkel, aber am Morgen meinte es doch immer, es sollte auf der Alp erwachen und es müsse gleich die Hüttentür aufmachen, um zu sehen, ob die Tannen darum nicht rauschten, weil der hohe, schwere Schnee darauf liege und die Äste niederdrücke. So mußte es jeden Morgen zuerst lange hin und her schauen, bis es sich wieder besinnen konnte, wo es war, und jedesmal fühlte es etwas auf seinem Herzen liegen, das es würgte und drückte, wenn es sah, daß es nicht daheim sei auf der Alp. Aber wenn es dann den Großvater reden hörte draußen mit dem Schwänli und dem Bärli und dann die Geißen so laut und lustig meckerten, als wollten sie ihm zurufen: „Mach doch, daß du einmal kommst, Heidi", dann merkte es, daß es doch daheim war, und sprang fröhlich aus seinem Bette und dann so schnell als möglich in den großen Geißenstall hinaus. Aber am vierten Tage sagte das Heidi sorglich: „Heute muß ich gewiß zur Großmutter hinauf, sie kann nicht so lange allein sein."

Aber der Großvater war nicht einverstanden. „Heute nicht und morgen auch noch nicht", sagte er. „Die Alm hinauf liegt der Schnee klaftertief, und immer noch schneit es fort; kaum kann der feste Peter durchkommen. Ein Kleines wie du, Heidi, wäre auf der Stelle eingeschneit und zugedeckt und nicht mehr zu finden. Wart noch ein wenig, bis es friert, dann kannst du bequem über die Schneedecke hinaufspazieren."

Das Warten machte zuerst dem Heidi ein wenig Kummer. Aber die Tage waren jetzt so angefüllt von Arbeit, daß immer einer unversehens dahin war und ein anderer kam. Jeden Morgen und jeden Nachmittag ging das Heidi jetzt in die Schule im Dörfli und lernte ganz eifrig, was da zu lernen war. Den Peter sah es aber fast nie in der Schule, denn meistens kam er nicht. Der Lehrer war ein milder Mann, der nur dann und wann sagte: „Es scheint mir, der Peter sei wieder nicht da. Die Schule täte ihm doch gut, aber es liegt auch gar viel Schnee dort hinauf, er wird wohl nicht durchkommen." Aber gegen Abend, wenn die Schule aus war, kam der Peter meistens durch und machte seinen Besuch beim Heidi.

Nach einigen Tagen kam die Sonne wieder hervor und warf ihre Strahlen über den weißen Boden hin, aber sie ging ganz früh wieder hinter die Berge hinab, so als gefalle es ihr lange nicht so gut herunterzuschauen wie im Sommer, wenn alles grünte und blühte. Aber am Abend kam der Mond ganz hell und groß herauf und leuchtete die ganze Nacht über die weiten Schneefelder hin, und am anderen Morgen glitzerte und flimmerte die ganze Alp von oben bis unten wie ein Kristall. Als der Peter wie die Tage vorher aus seinem Fenster in den tiefen Schnee hinabspringen wollte, ging es ihm, wie er nicht erwartet hatte. Er nahm einen Satz hinaus, aber anstatt ins Weiche hinab zu kommen, schlug es ihn auf dem unerwartet harten Boden gleich um, und unversehens fuhr er ein gutes Stück den Berg hinunter wie ein herrenloser Schlitten. Sehr verwundert kam er schließlich wieder auf seine Füße, und nun stampfte er mit aller Macht auf den Schneeboden, um sich zu versichern, daß auch wirklich möglich sei, was ihm soeben begegnet war. Es war richtig: Wie er auch stampfte und einschlug mit den Absätzen, kaum konnte er ein kleines Eissplitterchen herausschlagen. Die ganze Alm war steinhart zugefroren. Das war dem Peter eben recht: Er wußte, daß dieser Zustand der Dinge nötig war, damit das Heidi einmal wieder da heraufkommen konnte. Schleunig kehrte er um, schluckte seine Milch hinunter, welche die Mutter eben auf den Tisch gestellt hatte, steckte sein Stücklein Brot in die Tasche und sagte eilig: „Ich muß in die Schule."

„Ja, so geh und lern auch brav", sagte die Mutter beistimmend.

Der Peter kroch zum Fenster hinaus – denn nun war man eingesperrt um des Eisberges willen vor der Türe –, zog seinen kleinen Schlitten nach sich, setzte sich darauf und schoß den Berg hinunter.

Es ging wie der Blitz, und als er beim Dörfli da ankam, wo es gleich weiter hinab gegen Maienfeld hin ging, fuhr der Peter weiter, denn es kam ihm so vor, als müßte er sich und dem Schlitten Gewalt antun, wenn er auf einmal den Lauf einhalten wollte. So fuhr er zu, bis er ganz unten in der Ebene ankam und es von selbst nicht mehr weiterging. Dann stieg er ab und schaute sich um. Die Gewalt der Niederfahrt hatte ihn noch ziemlich über Maienfeld hinausgejagt. Jetzt bedachte er, daß er jedenfalls zu spät in die Schule käme, da sie schon lange begonnen hatte, er aber zum Hinaufsteigen fast eine Stunde brauchte. So konnte er sich alle Zeit lassen zur Rückkehr. Das tat er denn auch und kam gerade oben im Dörfli wieder an, als das Heidi aus der Schule zurückgekehrt war und sich mit dem Großvater an den Mittagstisch setzte. Der Peter trat herein, und da er diesmal einen besonderen Gedanken mitzuteilen hatte, so lag ihm dieser obenauf, und er mußte ihn gleich beim Eintreten loswerden.

„Es hat ihn", sagte der Peter, mitten in der Stube stillstehend.

„Wen? Wen? General! Das tönt ziemlich kriegerisch", sagte der Öhi.

„Den Schnee", berichtete Peter.

„Oh! Oh! jetzt kann ich zur Großmutter hinauf!" frohlockte das Heidi, das die Ausdrucksweise des Peter gleich verstanden hatte. „Aber warum bist du denn nicht in die Schule gekommen? Du konntest ja gut herunterschlittern", setzte es auf einmal vorwurfsvoll hinzu, denn dem Heidi kam es vor, das sei nicht in der Ordnung, so draußen zu bleiben, wenn man doch gut in die Schule gehen könnte.

„Bin zu weit gekommen mit dem Schlitten, war zu spät", gab der Peter zurück.

„Das nennt man desertieren", sagte der Öhi, „und Leute, die das tun, nimmt man bei den Ohren, hörst du?"

Der Peter riß erschrocken an seiner Kappe herum, denn vor keinem Menschen auf der Welt hatte er einen so großen Respekt wie vor dem Almöhi.

„Und dazu ein Anführer, wie du einer bist, der muß sich doppelt schämen, so auszureißen", fuhr der Öhi fort. „Was meinst, wenn einmal deine Geißen eine da und die andere dort hinausliefen und sie wollten dir nicht mehr folgen und nicht tun, was gut ist für sie, was würdest du dann machen?"

„Sie hauen", entgegnete der Peter kundig.

„Und wenn einmal ein Bub so täte wie eine ungebärdige Geiß und er würde ein wenig durchgehauen, was würdest du dann sagen?"

„Geschieht ihm recht", war die Antwort.

„So, jetzt weißt was, Geißenoberst: Wenn du noch einmal auf deinem Schlitten über die Schule hinausfährst zu einer Zeit, da du hinein solltest, so komm dann nachher zu mir und hol dir, was dir dafür gehört."

Jetzt verstand der Peter den Zusammenhang der Rede und daß er mit dem Buben gemeint sei, der fortlaufe wie eine ungebärdige Geiß. Er war ganz getroffen von dieser Ähnlichkeit und schaute ein wenig bänglich in die Winkel hinein, ob so etwas zu entdecken sei, wie er es in solchen Fällen für die Geißen gebrauchte.

Aber ermunternd sagte nun der Öhi: „Komm an den Tisch jetzt und halt mit, dann geht das Heidi mit dir. Am Abend bringst du's wieder heim, dann findest du dein Nachtessen hier."

Diese unerwartete Wendung der Dinge war dem Peter höchst erfreulich. Sein Gesicht verzog sich nach allen Seiten vor Vergnügen. Er gehorchte unverzüglich und setzte sich neben das Heidi hin. Das Kind aber hatte schon genug und konnte gar nicht mehr schlucken vor Freude, daß es zur Großmutter gehen sollte. Es schob die große Kartoffel und den Käsebraten, die noch auf seinem Teller lagen, dem Peter zu, der von der anderen Seite vom Öhi den Teller voll bekommen hatte, so daß ein ganzer Wall vor ihm aufgerichtet stand, aber der Mut zum Angriff fehlte ihm nicht. Das Heidi rannte an den Schrank und holte sein Mäntelchen von der Klara hervor. Jetzt konnte es, ganz warm eingepackt, mit der Kapuze über dem Kopf, seine Reise machen. Es stellte sich nun neben den Peter hin, und sobald dieser sein letztes Stück eingeschoben hatte, sagte es: „Jetzt komm!" Dann machten sie sich auf den Weg. Das Heidi hatte dem Peter sehr viel zu erzählen vom Schwänli und Bärli, daß sie beide am ersten Tage in dem neuen Stall gar nicht hatten fressen wollen und daß sie die Köpfe hatten hängen lassen den ganzen Tag und keinen Ton von sich gegeben hatten. Und es habe den Großvater gefragt, warum sie so tun. Dann habe er gesagt: Sie tun so wie es in Frankfurt, denn sie seien noch nie von der Alm heruntergekommen ihr Leben lang. Und das Heidi setzte hinzu: „Du solltest nur einmal erfahren, wie das ist, Peter."

Die beiden waren so fast oben angekommen, ohne daß der Peter ein einziges Wort gesagt hätte, und es war auch, als ob ihn ein tiefer Gedanke beschäftigte, daß er nicht einmal recht zuhören konnte wie sonst. Als sie nun bei der Hütte angekommen waren, stand der Peter still und sagte ein wenig störrisch: „Dann will ich noch lieber in die Schule gehen, als beim Öhi holen, was er gesagt hat."

Das Heidi war derselben Meinung und bestärkte den Peter ganz eifrig in seinem Vorsatz. Drinnen in der Stube saß die Mutter allein beim Flickwerk. Sie sagte, die Großmutter müsse die Tage im Bett bleiben, es sei zu kalt für sie, und dann sei ihr auch sonst nicht recht. Das war dem Heidi etwas Neues; sonst saß die Großmutter immer an ihrem Platz in der Ecke. Es rannte gleich zu ihr in die Kammer hinein. Sie lag ganz von dem grauen Tuche umwickelt in ihrem schmalen Bett mit der dünnen Decke.

„Gott Lob und Dank!" sagte die Großmutter gleich, als sie das Heidi hereinspringen hörte. Sie hatte schon den ganzen Herbst durch eine geheime Angst im Herzen gehabt, die sie noch immer verfolgte, besonders wenn das Heidi eine Zeitlang nicht kam. Der Peter hatte berichtet, wie ein fremder Herr aus Frankfurt gekommen sei und immer mit auf die Weide komme und mit dem Heidi reden wolle, und die Großmutter meinte nicht anders, als der Herr sei gekommen, das Heidi wieder mit fortzunehmen. Wenn er auch nachher schon allein abreiste, so stieg die Angst doch immer wieder in ihr auf, es könnte irgendein Abgesandter von Frankfurt herkommen und das Kind wieder zurückholen. Das Heidi sprang zu dem Bett der Kranken hin und fragte sorglich: „Bist du stark krank, Großmutter?"

„Nein, nein, Kind", beruhigte die Alte, indem sie das Heidi liebevoll streichelte, „der Frost ist mir nur ein wenig in die Glieder gefahren."

„Wirst du dann auf der Stelle gesund, wenn es wieder warm ist?" fragte eindringlich das Heidi weiter.

„Ja, ja, will's Gott, noch vorher, daß ich wieder an mein Spinnrad kann. Ich meinte schon heute, ich wolle es probieren, morgen wird's dann schon wieder gehen“, sagte die Großmutter in zuversichtlicher Weise, denn sie hatte schon gemerkt, daß das Kind erschrocken war.

Ihre Worte beruhigten das Heidi, dem es sehr angst gewesen war, denn krank im Bett hatte es die Großmutter noch nie getroffen. Es betrachtete sie jetzt ein wenig verwundert, dann sagte es:

„In Frankfurt legen sie einen Schal an zum Spazierengehen. Hast du etwa gemeint, man müsse ihn anlegen, wenn man ins Bett geht, Großmutter?“

„Weißt du, Heidi“, entgegnete sie, „ich nehme den Schal so um im Bett, daß ich nicht friere. Ich bin so froh darüber, die Decke ist ein wenig dünn.“

„Aber Großmutter“, fing das Heidi wieder an, „bei deinem Kopf geht es bergab, wo es ganz bergauf gehen sollte; so muß ein Bett nicht sein.“

„Ich weiß schon, Kind, ich spüre es auch wohl“, und die Großmutter suchte auf dem Kissen, das wie ein dünnes Brett unter ihrem Kopfe lag, einen besseren Platz zu gewinnen. „Siehst du, das Kissen war nie besonders dick, und jetzt habe ich so viele Jahre darauf geschlafen, daß ich es ein wenig flachgelegen habe.“

„O hätt ich nur in Frankfurt die Klara gefragt, ob ich nicht mein Bett mitnehmen könne“, sagte jetzt das Heidi. „Da hatte es drei große, dicke Kissen aufeinander, daß ich gar nicht schlafen konnte und immer weiter herunterrutschte, bis wo es flach war, und dann mußte ich wieder hinauf, weil man dort so schlafen muß. Könntest du so schlafen, Großmutter?“

„Ja freilich, das macht warm, und man bekommt den Atem so gut, wenn man so hoch liegen kann mit dem Kopf“, sagte die Großmutter, ein wenig mühsam ihren Kopf aufrichtend, so wie um eine höhere Stelle zu finden. „Aber wir wollen jetzt nicht von dem reden, ich habe ja dem lieben Gott für so vieles zu danken, was andere Alte und Kranke nicht haben. Schon das gute Brötchen, das ich immer bekomme, und das schöne, warme Tuch hier und daß du so zu mir kommst, Heidi. Willst du mir auch wieder etwas lesen heute?“

Das Heidi lief hinaus und holte das alte Liederbuch herbei. Nun suchte es ein schönes Lied nach dem andern, denn es kannte sie jetzt wohl, und es freute sich selbst, das alles wieder zu hören, es hatte ja seit vielen Tagen die Verse alle, die ihm lieb waren, nicht mehr gehört.

Die Großmutter lag mit gefalteten Händen da, und auf ihrem Gesichte, das erst so bekümmert ausgesehen hatte, lag jetzt ein so freudiges Lächeln, als wäre ihr eben ein großes Glück zuteil geworden.

Das Heidi hielt auf einmal inne.

„Großmutter, bist du schon gesund geworden?“ fragte es.

„Es ist mir wohl, Heidi, es ist mir wohl geworden darüber. Lies es noch fertig, willst du?“

Das Kind las sein Lied zu Ende, und als die letzten Worte kamen:

„Wird mein Auge dunkler, trüber,
Dann erleuchte meinen Geist,
Daß ich fröhlich zieh' hinüber,
Wie man nach der Heimat reist“,

da wiederholte sie die Großmutter und dann noch einmal und noch einmal, und auf ihrem Gesicht lag jetzt eine große freudige Erwartung. Dem Heidi wurde so wohl dabei. Der ganze sonnige Tag seiner Heimkehr stieg vor ihm auf, und voller Freude rief es aus: „Großmutter, ich weiß schon, wie es ist, wenn man nach der Heimat reist.“ Sie antwortete nichts, aber sie hatte die Worte wohl vernommen, und der Ausdruck, der dem Heidi so wohl getan hatte, blieb auf ihrem Gesicht.

Nach einer Weile sagte das Kind wieder: „Jetzt wird's dunkel, Großmutter, ich muß heim; aber ich bin so froh, daß es dir jetzt wieder wohl ist.“

Die Großmutter nahm die Hand des Kindes in die ihrige und hielt sie fest; dann sagte sie:

„Ja, ich bin auch wieder so froh; wenn ich auch noch liegen bleiben muß, so ist es mir doch wohl. Siehst du, das weiß niemand, der es nicht erfahren hat, wie das ist, wenn man viele, viele Tage so ganz allein daliegt und hört kein Wort von einem andern Menschen und kann nichts sehen, nicht einen einzigen Sonnenstrahl. Dann kommen so schwere Gedanken über einen, daß man manchmal meint, es könne nie mehr Tag werden und man könne nicht mehr weiter. Aber wenn man dann einmal wieder die Worte hört, die du mir vorgelesen hast, so ist es, wie wenn einem ein Licht davon aufgehen würde im Herzen, an dem man sich wieder freuen kann."

Jetzt ließ die Großmutter die Hand des Kindes los, und nachdem es ihr gute Nacht gesagt, lief es in die Stube zurück und zog den Peter eilig hinaus, denn es war unterdessen Nacht geworden. Aber draußen stand der Mond am Himmel und schien hell auf den weißen Schnee, daß es war, als wolle der Tag schon wieder angehen. Der Peter zog seinen Schlitten zurecht, setzte sich vorn darauf, das Heidi hinter ihn, und fort schossen sie die Alm hinunter, nicht anders, als wären sie zwei Vögel, die durch die Lüfte sausen.

Als später das Heidi auf seinem schönen, hohen Heubette hinter dem Ofen lag, da kam ihm die Großmutter wieder in den Sinn, wie sie so schlecht lag mit dem Kopfe, und dann mußte es an alles denken, was sie gesagt hatte, und an das Licht, das ihr die Worte im Herzen anzünden. Und es dachte: Wenn die Großmutter nur alle Tage die Worte hören könnte, dann würde es ihr jeden Tag einmal wohl. Aber es wußte, nun konnte eine ganze Woche, oder vielleicht auch zwei, vergehen, ehe es wieder zu ihr hinauf durfte. Das kam dem Heidi so traurig vor, daß es immer stärker nachsinnen mußte, was es nur machen könnte, daß die Großmutter die Worte jeden Tag zu hören bekäme. Auf einmal fiel ihm die Hilfe ein, und es war so froh darüber, daß es meinte, es könne gar nicht erwarten, daß der Morgen wiederkomme und es seinen Plan ausführen könne. Auf einmal setzte das Heidi sich wieder ganz gerade auf in seinem Bett, denn vor lauter Nachdenken hatte es ja sein Nachtgebet noch nicht zum lieben Gott hinaufgeschickt, und das wollte es doch nie mehr vergessen.

Als es nun so recht von Herzen für sich und den Großvater und die Großmutter gebetet hatte, fiel es auf einmal in sein weiches Heu zurück und schlief ganz fest und friedlich bis zum hellen Morgen.

Der Winter dauert fort

Am andern Tage kam der Peter gerade zur rechten Zeit in die Schule heruntergefahren. Sein Mittagessen hatte er in seinem Sack mitgebracht, denn da ging es so zu: Wenn um Mittag die Kinder im Dörfli nach Hause gingen, dann setzten sich die einzelnen Schüler, die weit weg wohnten, auf die Klassentische, stemmten die Füße fest auf die Bänke und breiteten auf den Knien die mitgebrachten Speisen aus, um so ihr Mittagsmahl zu halten. Bis um ein Uhr konnten sie sich daran vergnügen, dann fing die Schule wieder an. Hatte der Peter einmal einen solchen Schultag mitgemacht, dann ging er am Schluß zum Öhi hinüber und machte seinen Besuch beim Heidi.

Als er heute nach Schulschluß in die große Stube beim Öhi eintrat, schoß das Heidi gleich auf ihn zu, denn gerade auf ihn hatte es gewartet. „Peter, ich weiß etwas", rief es ihm entgegen.

„Sag's", gab er zurück.

„Jetzt mußt du lesen lernen", lautete die Nachricht.

„Hab's schon getan", war die Antwort.

„Ja, ja, Peter, so mein ich nicht", eiferte jetzt das Heidi. „Ich meine so, daß du es nachher kannst.

„Kann nicht", bemerkte der Peter.

„Das glaubt dir jetzt kein Mensch mehr und ich auch nicht", sagte das Heidi sehr entschieden. „Die Großmama in Frankfurt hat schon gewußt, daß es nicht wahr ist, und sie hat mir gesagt, ich soll es nicht glauben."

Der Peter staunte über diese Nachricht.

„Ich will dich schon lesen lehren, ich weiß ganz gut, wie“, fuhr das Heidi fort. „Du mußt es jetzt einmal erlernen, und dann mußt du alle Tage der Großmutter ein Lied lesen oder zwei.“

„Das ist nichts“, brummte der Peter.

Dieser hartnäckige Widerstand gegen etwas, das gut und recht war und dem Heidi so sehr am Herzen lag, brachte es in Aufregung. Mit blitzenden Augen stellte es sich jetzt vor den Buben hin und sagte bedrohlich:

„Dann will ich dir schon sagen, was kommt, wenn du nie etwas lernen willst: Deine Mutter hat schon zweimal gesagt, du müssest auch nach Frankfurt, daß du allerhand lernest, und ich weiß schon, wo dort die Buben in die Schule gehen. Beim Ausfahren hat mir die Klara das furchtbar große Haus gezeigt. Aber dort gehen sie nicht nur, wenn sie Buben sind, sondern immerfort, wenn sie schon ganz große Herren sind, das habe ich selber gesehen. Und dann mußt du nicht meinen, daß nur ein einziger Lehrer da ist wie bei uns, und ein so guter. Da gehen immer ganze Reihen, viele miteinander in das Haus hinein, und alle sehen ganz schwarz aus, wie wenn sie in die Kirche gingen, und haben so hohe schwarze Hüte auf den Köpfen“ – und das Heidi gab das Maß von den Hüten an vom Boden auf.

Dem Peter fuhr ein Schauder den Rücken hinauf.

„Und dann mußt du dort hinein unter alle die Herren“, fuhr das Heidi mit Eifer fort, „und wenn es dann an dich kommt, so kannst du gar nicht lesen und machst noch Fehler beim Buchstabieren. Dann kannst du nur sehen, wie dich die Herren ausspotten, das ist dann noch viel ärger als die Tinette, und du solltest nur wissen, wie es ist, wenn diese spottet.“

„So will ich“, sagte der Peter halb kläglich, halb ärgerlich.

Im Augenblick war das Heidi besänftigt. „So, das ist recht, dann wollen wir gleich anfangen“, sagte es erfreut, und geschäftig zog es den Peter an den Tisch hin und holte das nötige Werkzeug herbei.

In dem großen Paket der Klara hatte sich auch ein Büchlein befunden, das dem Heidi wohlgefiel, und schon gestern nacht war es ihm in den Sinn gekommen, das könne es gut zu dem Unterricht für den Peter gebrauchen, denn das war ein Abc-Büchlein mit Sprüchen.

Jetzt saßen die beiden am Tisch, die Köpfe über das kleine Buch gebeugt, und die Lehrstunde konnte beginnen.

Der Peter mußte den ersten Spruch buchstabieren und dann wieder und dann noch einmal, denn das Heidi wollte die Sache sauber und geläufig haben.

Endlich sagte es: „Du kannst's immer noch nicht, aber ich will dir ihn jetzt einmal hintereinander lesen; wenn du weißt, wie's heißen muß, kannst du's dann besser zusammenbuchstabieren." Und das Heidi las:

„Geht heut das A B C noch nicht,
Kommst morgen du vors Schulgericht."

„Ich geh nicht", sagte der Peter störrisch.

„Wohin?" fragte das Heidi.

„Vor das Gericht", war die Antwort.

„So mach, daß du einmal die drei Buchstaben kennst, dann mußt du ja nicht gehen", bewies ihm das Heidi.

Jetzt setzte der Peter noch einmal an und repetierte beharrlich die drei Buchstaben so lange fort, bis das Heidi sagte:

„Jetzt kannst du die drei."

Da es aber nun bemerkt hatte, welch eine Wirkung der Spruch auf den Peter ausgeübt hatte, wollte es gleich noch ein wenig vorarbeiten für die folgenden Lehrstunden.

„Wart, ich will dir jetzt noch die anderen Sprüche lesen", fuhr es fort, „dann wirst du sehen, was alles noch kommen kann."

Und es begann sehr klar und verständlich zu lesen:

„D E F G muß fließend sein,
Sonst kommt ein Unglück hintendrein.

Vergessen H I K,
Das Unglück ist schon da.

Wer am L M noch stottern kann,
Zahlt eine Buß und schämt sich dann.

Es gibt etwas, und wüßtest's du,
Du lerntest schnell N O P Q.

Stehst du noch an bei R S T,
Kommt etwas nach, das tut dir weh."

Hier hielt das Heidi inne, denn der Peter war so mäuschenstill, daß es einmal sehen mußte, was er mache. Alle die Drohungen und geheimen Schrecknisse hatten ihm so zugesetzt, daß er kein Glied mehr bewegte und schreckensvoll das Heidi anstarrte.

Das rührte sogleich sein mitleidiges Herz, und tröstend sagte es: „Du mußt dich nicht fürchten, Peter; komm du jetzt nur jeden Abend zu mir, und wenn du dann lernst wie heut, so kennst du allemal zuletzt die Buchstaben, und dann kommt ja das andere nicht. Aber nun mußt du alle Tage kommen, nicht so, wie du in die Schule gehst; wenn es schon schneit, es tut dir ja nichts."

Der Peter versprach, so zu tun, denn der erschreckende Eindruck hatte ihn ganz zahm und willig gemacht. Jetzt trat er seinen Heimweg an.

Der Peter befolgte Heidis Vorschrift pünktlich, und jeden Abend wurden mit Eifer die folgenden Buchstaben einstudiert und der Spruch beherzigt.

Oft saß auch der Großvater in der Stube und hörte dem Exerzitium zu, indem er vergnüglich sein Pfeifchen rauchte, während es öfter in seinen

Mundwinkeln zuckte, so, als ob ihn von Zeit zu Zeit eine große Heiterkeit übernehmen wollte.

Nach der großen Anstrengung wurde der Peter dann meistens aufgefordert, noch dazubleiben und beim Abendessen mitzuhalten, was ihn alsbald für die ausgestandene Angst, die der heutige Spruch mit sich gebracht hatte, reichlich entschädigte.

So gingen die Wintertage dahin. Der Peter erschien regelmäßig und machte wirklich Fortschritte mit seinen Buchstaben.

Mit den Sprüchen hatte er aber täglich zu fechten. Man war jetzt beim U angelangt. Als das Heidi den Spruch las:

„Wer noch das U in V verdreht,
Kommt dahin, wo er nicht gern geht",

da knurrte der Peter: „Ja, wenn ich ginge!" Aber er lernte doch tüchtig zu, so, als stehe er unter dem Eindruck, es könnte ihn doch heimlich einer beim Kragen nehmen und dorthin bringen, wohin er nicht gern ginge.

Am folgenden Abend las das Heidi:

Ist dir das W noch nicht bekannt,
Schau nach dem Rütlein an der Wand."

Da guckte der Peter hin und sagte höhnisch: „Hat keins."

„Ja, ja, aber weißt du, was der Großvater im Kasten hat?" fragte das Heidi. „Einen Stecken, fast so dick wie mein Arm, und wenn man ihn herausnimmt, so kann man nur sagen: ›Schau nach dem Stecken an der Wand!‹"

Der Peter kannte den dicken Haselstock. Augenblicklich beugte er sich über sein W und suchte es zu erfassen.

Am anderen Tage hieß es:

„Willst du noch das X vergessen,
Kriegst du heute nix zu essen."

Da schaute der Peter forschend zu dem Schrank hinüber, wo das Brot und der Käse darinlagen, und sagte ärgerlich: „Ich habe ja gar nicht gesagt, daß ich das X vergessen wolle."

„Es ist recht, wenn du das nicht vergessen willst, dann können wir auch gleich noch einen lernen", schlug das Heidi vor, „dann hast du morgen nur noch einen einzigen Buchstaben."

Der Peter war nicht einverstanden. Aber schon las das Heidi:

„Machst du noch Halt beim Y,
Kommst du mit Hohn und Spott davon."

Da stiegen vor Peters Augen alle die Herren in Frankfurt auf mit den hohen schwarzen Hüten auf den Köpfen und Hohn und Spott in den Gesichtern. Augenblicklich warf er sich auf das Ypsilon und ließ es nicht wieder los, bis er es so gut kannte, daß er die Augen zutun konnte und doch noch wußte, wie es aussah.

Am Tag darauf kam der Peter schon ein wenig hoch beim Heidi an, denn da war ja nur noch ein einziger Buchstabe zu verarbeiten, und als ihm das Heidi gleich den Spruch las:

„Wer zögernd noch beim Z bleibt stehn,
Muß zu den Hottentotten gehn!",

da höhnte der Peter: „Ja, wenn kein Mensch weiß, wo die sind!"

„Freilich, Peter, das weiß der Großvater schon", versicherte das Heidi. „Wart nur, ich will ihn geschwind fragen, wo sie sind, er ist nur beim Herrn Pfarrer drüben." Und schon war das Heidi aufgesprungen und wollte zur Tür hinaus.

„Wart", schrie jetzt der Peter in voller Angst, denn schon sah er in seiner Einbildung den Almöhi mitsamt dem Herrn Pfarrer daherkommen und wie ihn die zwei nun gleich anpacken und den Hottentotten übersenden würden, denn er hatte ja wirklich nicht mehr gewußt, wie das Z hieß. Sein Angstgeschrei ließ das Heidi stillstehen.

„Was hast du denn?“ fragte es verwundert.

„Nichts! Komm zurück! Ich will lernen“, stieß der Peter mit Unterbrechungen hervor. Aber das Heidi hätte jetzt selbst gern gewußt, wo die Hottentotten seien, und es wollte durchaus den Großvater fragen. Der Peter schrie ihm aber so verzweifelt nach, daß es nachgab und zurückkam. Nun mußte er aber auch etwas tun dafür. Nicht nur wurde das Z so manchmal wiederholt, daß der Buchstabe für alle Zeit in seinem Gedächtnis festsitzen mußte, sondern das Heidi ging gleich noch zum Syllabieren über, und an dem Abend lernte der Peter so viel, daß er um einen ganzen Ruck vorwärts kam. So ging es weiter Tag für Tag.

Der Schnee war wieder weich geworden, und darüberhin schneite es neuerdings einen Tag um den andern, so daß das Heidi wohl drei Wochen lang gar nicht zur Großmutter hinauf konnte. Um so eifriger war es in seiner Arbeit an dem Peter, daß er es ersetzen könne beim Liederlesen. So kam eines Abends der Peter heim vom Heidi, trat in die Stube ein und sagte:

„Ich kann's!“

„Was kannst du, Peterli?“ fragte erwartungsvoll die Mutter.

„Das Lesen“, antwortete er.

„Ist auch das möglich! Hast du's gehört, Großmutter?“ rief die Brigitte aus.

Die Großmutter hatte es gehört und mußte sich auch sehr verwundern, wie das zugegangen sei.

„Ich muß jetzt ein Lied lesen, das Heidi hat's gesagt“, berichtete der Peter weiter. Die Mutter holte hurtig das Buch herunter, und die Großmutter freute sich, sie hatte so lange kein gutes Wort gehört. Der Peter setzte sich an den Tisch hin und begann zu lesen. Seine Mutter saß aufhorchend neben ihm; nach jedem Verse mußte sie mit Bewunderung sagen: „Wer hätte es auch denken können!“

Auch die Großmutter folgte mit Spannung einem Verse nach dem andern, sie sagte aber nichts dazu.

Am Tage nach diesem Ereignis traf es sich, daß in der Schule in Peters Klasse eine Leseübung stattfand. Als die Reihe an den Peter kommen sollte, sagte der Lehrer:

„Peter, muß man dich wieder übergehen, wie immer, oder willst du einmal wieder – ich will nicht sagen lesen, ich will sagen: versuchen, an einer Linie herumzustottern?“

Der Peter fing an und las hintereinander drei Linien, ohne abzusetzen.

Der Lehrer legte sein Buch weg. Mit stummem Erstaunen blickte er auf den Peter, so, als habe er desgleichen noch nie gesehen. Endlich sprach er: „Peter, an dir ist ein Wunder geschehen! Solange ich mit unbeschreiblicher Geduld an dir gearbeitet habe, warst du nicht imstande, auch nur das Buchstabieren richtig zu erfassen. Nun ich, obwohl ungern, die Arbeit an dir als nutzlos aufgegeben habe, geschieht es, daß du erscheinst und hast nicht nur das Buchstabieren, sondern ein ordentliches, sogar deutliches Lesen erlernt. Woher können zu unserer Zeit denn noch solche Wunder kommen, Peter?“

„Vom Heidi“, antwortete dieser.

Höchst verwundert schaute der Lehrer nach dem Heidi hin, das ganz harmlos auf seiner Bank saß, so daß nichts Besonderes an ihm zu sehen war. Er fuhr fort:

„Ich habe überhaupt eine Veränderung an dir bemerkt, Peter. Während du früher oftmals die ganze Woche, ja mehrere Wochen hintereinander in der Schule gefehlt hast, so bist du in der letzten Zeit nicht einen Tag ausgeblieben. Woher kann eine solche Umwandlung zum Guten in dich gekommen sein?“

„Vom Öhi“, war die Antwort.

Mit immer größerem Erstaunen blickte der Lehrer vom Peter auf das Heidi und von diesem wieder auf den Peter zurück.

„Wir wollen es noch einmal versuchen“, sagte er dann behutsam, und noch einmal mußte der Peter an drei Linien seine Kenntnisse erproben. Es war richtig, er hatte lesen gelernt.

Sobald die Schule zu Ende war, eilte der Lehrer zum Herrn Pfarrer hinüber, um ihm mitzuteilen, was vorgefallen war und in welcher erfreulichen Weise der Öhi und das Heidi in der Gemeinde wirkten.

Jeden Abend las jetzt der Peter daheim ein Lied vor. So weit gehorchte er dem Heidi, weiter aber nicht, ein zweites unternahm er nie; die Großmutter forderte ihn aber auch nie dazu auf.

Die Mutter Brigitte mußte sich noch täglich verwundern, daß der Peter dieses Ziel erreicht hatte, und an manchen Abenden, wenn die Vorlesung vorbei war und der Vorleser in seinem Bett lag, mußte sie wieder zur Großmutter sagen:

„Man kann sich doch nicht genug freuen, daß der Peterli das Lesen so schön erlernt hat. Jetzt kann man gar nicht wissen, was noch aus ihm werden kann.“

Da antwortete einmal die Großmutter:

„Ja, es ist so gut für ihn, daß er etwas gelernt hat; aber ich will doch herzlich froh sein, wenn der liebe Gott nun bald den Frühling schickt, daß das Heidi auch wieder heraufkommen kann. Es ist doch, wie wenn es ganz andere Lieder läse. Es fehlt so manchmal etwas in den Versen, wenn sie der Peter liest, und ich muß es dann suchen, und dann komme ich nicht mehr nach mit den Gedanken, und der Eindruck kommt mir nicht ins Herz, wie wenn mir das Heidi die Worte liest.“

Das kam aber daher, weil der Peter sich beim Lesen ein wenig einrichtete, daß er's nicht zu unbequem hatte. Wenn ein Wort kam, das gar zu lang war oder sonst schlimm aussah, so ließ er es lieber ganz aus, denn er dachte, um drei oder vier Worte in einem Verse werde es der Großmutter wohl gleich sein, es kommen ja dann noch viele. So kam es, daß es fast keine Hauptwörter mehr hatte in den Liedern, die der Peter vorlas.

Die fernen Freunde regen sich

Der Mai war gekommen. Von allen Höhen strömten die vollen Frühlingsbäche ins Tal herab. Ein warmer, lichter Sonnenschein lag auf der Alp. Sie war wieder grün geworden; der letzte Schnee war weggeschmolzen, und von den lockenden Sonnenstrahlen geweckt, guckten schon die ersten Blümchen mit ihren hellen Augen aus dem frischen Grase heraus. Droben rauschte der fröhliche Frühlingswind durch die Tannen und schüttelte ihnen die alten, dunkeln Nadeln fort, daß die jungen, hellgrünen herauskommen und die Bäume herrlich schmücken konnten. Hoch oben schwang wieder der alte Raubvogel seine Flügel in den blauen Lüften, und rings um die Almhütte lag der goldene Sonnenschein warm am Boden und trocknete die letzten feuchten Stellen auf, daß man wieder hinsetzen konnte, wo man nur wollte.

Das Heidi war wieder auf der Alp. Es sprang dahin und dorthin und wußte gar nicht, wo es am schönsten war. Jetzt mußte es dem Winde lauschen, wie er tief und geheimnisvoll oben von den Felsen heruntersauste, immer näher und immer mächtiger, und jetzt schoß er in die Tannen und rüttelte und schüttelte sie, und es war, als jauchze er vor Vergnügen, und das Heidi mußte auch aufjauchzen und wurde dabei hin und her geblasen wie ein Blättlein. Dann lief es wieder auf das sonnige Plätzchen vor der Hütte und setzte sich auf den Boden und guckte in das kurze Gras hinein, zu entdecken, wie viele kleine Blumenkelche sich öffnen wollten oder schon offen waren. Da hüpften und krochen und tanzten auch so viele lustige Mücken und Käferchen in der Sonne herum und freuten sich, und das Heidi freute sich mit ihnen und sog den Frühlingsduft, der aus dem frisch erschlossenen Boden emporstieg, in langen Zügen ein und meinte, so schön sei es noch nie auf der Alp gewesen. Den tausend kleinen Tierlein mußte es so wohl sein wie ihm, denn es war gerade, als summten und sängen sie in heller Freude alle durcheinander:

„Auf der Alp! Auf der Alp! Auf der Alp!“

Vom Schopf hinter der Hütte hervor ertönte es hie und da wie ein eifriges Klopfen und Sägen, und das Heidi lauschte auch einmal dorthin, denn das waren die alten, heimatlichen Töne, die es so gut kannte, die von Anfang an zum Leben auf der Alp gehört hatten. Jetzt mußte es aufspringen und auch einmal dorthin rennen, denn es mußte doch wissen, was beim Großvater vorging. Vor der Schopftür stand schon fix und fertig ein schöner neuer Stuhl, und am zweiten arbeitete der Großvater mit geschickter Hand.

„Oh, ich weiß schon, was das gibt“, rief das Heidi in Freuden aus. „Das ist nötig, wenn sie von Frankfurt kommen. Der ist für die Großmama und der, den du jetzt machst, für die Klara, und dann... dann muß noch einer sein“, fuhr das Heidi zögernd fort, „oder glaubst du nicht, Großvater, daß Fräulein Rottenmeier auch mitkommt?“

„Das kann ich nun nicht sagen“, meinte der Großvater, „aber es ist sicherer, einen Stuhl bereit zu haben, daß wir sie zum Sitzen einladen können, wenn sie kommt.“

Das Heidi schaute nachdenklich auf die hölzernen Stühlchen ohne Lehne hin und machte still seine Betrachtungen darüber, wie Fräulein Rottenmeier und ein solches Stühlchen zusammenpassen würden. Nach einer Weile sagte es, bedenklich den Kopf schüttelnd:

„Großvater, ich glaube nicht, daß sie darauf sitzt.“

„Dann laden wir sie auf das Kanapee mit dem schönen grünen Rasenüberzug ein“, entgegnete ruhig der Großvater.

Als das Heidi noch nachsann, wo das schöne Kanapee mit dem grünen Rasenüberzug sei, erscholl plötzlich von oben her ein Pfeifen und Rufen und Rutenschwingen durch die Luft, daß das Heidi sofort wußte, woran es war. Es schoß hinaus und war augenblicklich von den herabspringenden Geißen umringt. Denen mußte es wohl sein, wie es dem Heidi war, wieder auf der Alp zu sein, denn sie machten so hohe Sprünge und meckerten so lebenslustig wie noch nie, und das Heidi wurde dahin und dorthin gedrängt, denn jede wollte ihm zunächst kommen und ihre Freude bei ihm auslassen. Aber der Peter stieß sie alle weg, eine rechts und die andere links, denn er hatte dem Heidi eine Botschaft zu überbringen. Als er zu ihm vorgedrungen war, hielt er ihm einen Brief entgegen.

„Da!" sagte er, die weitere Erklärung der Sache dem Heidi selbst überlassend. Es war sehr erstaunt.

„Hast du denn auf der Weide einen Brief für mich bekommen?" fragte es voller Verwunderung.

„Nein", war die Antwort.

„Ja, wo hast du ihn denn genommen, Peter?"

„Aus dem Brotsack."

Das war richtig. Gestern abend hatte der Postbeamte im Dörfli ihm den Brief an das Heidi mitgegeben. Den hatte der Peter in den leeren Sack gelegt. Am Morgen hatte er seinen Käse und sein Stück Brot darauf gepackt und war ausgezogen. Den Öhi und das Heidi hatte er wohl gesehen, als er ihre Geißen abholte, aber erst als er um Mittag mit Brot und Käse zu Ende war und noch die Krumen herausholen wollte, war der Brief wieder in seine Hand gekommen.

Das Heidi las aufmerksam seine Adresse ab, dann sprang es zum Großvater in den Schopf zurück und streckte ihm in hoher Freude den Brief entgegen: „Von Frankfurt! Von der Klara! Willst du ihn gleich hören, Großvater?"

Das wollte dieser schon gern, und auch der Peter, der dem Heidi gefolgt war, schickte sich zum Zuhören an. Er stemmte sich mit dem Rücken gegen den Türpfosten an, um einen festen Halt zu haben, denn so war es leichter, dem Heidi nachzukommen, wie es nun seinen Brief herunterlas:

Liebes Heidi!

Wir haben schon alles verpackt, und in zwei oder drei Tagen wollen wir abreisen, sobald Papa auch abreist, aber nicht mit uns, er muß zuerst noch nach Paris reisen. Alle Tage kommt der Herr Doktor und ruft schon unter der Tür: „Fort! Fort! Auf die Alp!" Er kann es gar nicht erwarten, daß wir gehen. Du solltest nur wissen, wie gern er selbst auf der Alp war! Den ganzen Winter ist er fast jeden Tag zu uns gekommen; dann sagte er immer, er komme zu mir, er müsse mir wieder erzählen! Dann setzte er sich zu mir hin und erzählte von allen Tagen, die er mit Dir und dem Großvater auf der Alp zugebracht hat, und von den Bergen und den Blumen und von der Stille so hoch oben über allen Dörfern und Straßen und von der frischen, herrlichen Luft; und er sagte oft: „Dort oben müssen alle Menschen wieder gesund werden." Er ist auch selbst wieder so anders geworden, als er eine Zeitlang war, ganz jung und fröhlich sieht er wieder aus. Oh, wie freu ich mich, das alles zu sehen und bei Dir auf der Alp zu sein und auch den Peter und die Geißen kennenzulernen! Erst muß ich in Ragaz etwa sechs Wochen lang eine Kur machen, das hat der Herr Doktor befohlen, und dann sollen wir im Dörfli wohnen nachher, und ich soll dann an schönen Tagen auf die Alp hinaufgefahren werden in meinem Stuhl und den Tag über bei Dir bleiben. Die Großmama kommt mit und bleibt bei mir; sie freut sich auch, zu Dir hinaufzukommen. Aber denk, Fräulein Rottenmeier will nicht mit. Fast jeden Tag sagt die Großmama einmal: „Wie ist's mit der Schweizerreise, werte Rottenmeier? Genieren Sie sich nicht, wenn Sie Lust haben mitzukommen." Aber sie dankt immer furchtbar höflich und sagt, sie wolle nicht unbescheiden sein. Aber ich weiß schon, woran sie denkt: Der Sebastian hat eine so erschreckliche Beschreibung von der Alp gemacht, als er von Deinem Begleit nach Hause kam, wie furchtbare Felsen dort herunterstarren und man überall in Klüfte und Abgründe niederstürzen könne und daß es so steil hinaufgehe, daß man auf jedem Tritt befürchten müsse, wieder rücklings herunterzukommen, und daß wohl Ziegen, aber keine Menschen ohne Lebensgefahr da hinaufklettern können. Sie hat sehr geschaudert vor dieser Beschreibung, und seither schwärmt sie nicht mehr für Schweizerreisen wie früher. Der Schrecken ist auch in die Tinette gefahren, sie will auch nicht mit. So kommen wir allein, Großmama und ich; nur Sebastian muß uns bis nach Ragaz begleiten, dann kann er wieder heimkehren.

Ich kann es fast nicht erwarten, bis ich zu Dir kommen kann.

Lebe wohl, liebes Heidi, die Großmama läßt Dich tausendmal grüßen.

Deine treue Freundin Klara.

Als der Peter diese Worte vernommen hatte, sprang er von dem Türpfosten weg und hieb mit seiner Rute nach rechts und links so rücksichtslos und wütend drein, daß die Geißen alle im höchsten Schrecken die Flucht ergriffen und den Berg hinunterrannten in so maßlosen Sprüngen, wie sie noch selten gemacht hatten. Hinter ihnen her stürmte der Peter und hieb mit seiner Rute in die Luft hinein, als habe er an einem unsichtbaren Feinde einen unerhörten Grimm auszulassen. Dieser Feind war die Aussicht auf die Ankunft der Gäste aus Frankfurt, welche den Peter so sehr erbittert hatte.

Das Heidi war so voller Glück und Freude, daß es durchaus am andern Tage der Großmutter einen Besuch machen und ihr alles erzählen mußte, wer nun von Frankfurt kommen und besonders auch, wer nicht kommen werde. Das mußte für die Großmutter ja von der größten Wichtigkeit sein, denn sie kannte die Personen alle so genau und lebte mit dem Heidi alles, was zu seinem Leben gehörte, immerfort mit der tiefsten Teilnahme durch. Es zog auch beizeiten aus am folgenden Nachmittag, denn jetzt konnte es seine Besuche schon wieder allein unternehmen: Die Sonne schien ja wieder hell und blieb lange am Himmel stehen, und über den trockenen Boden hin war es ein herrliches Bergabrennen, während der lustige Maiwind hinterhersauste und das Heidi noch ein wenig schneller hinunterjagte. Die Großmutter lag nicht mehr zu Bett. Sie saß wieder in ihrer Ecke und spann. Es lag aber ein Ausdruck auf ihrem Gesicht, als habe sie es mit schweren Gedanken zu tun. Das war so seit gestern abend, und die ganze Nacht durch hatten diese Gedanken sie verfolgt und nicht schlafen lassen. Der Peter war in seinem großen Grimm heimgekommen, und sie hatte aus seinen abgebrochenen Ausrufungen entnehmen können, daß eine Schar von Leuten aus Frankfurt nach der Almhütte hinaufkommen werde. Was dann weiter geschehen sollte, wußte er nicht, aber die Großmutter mußte weiterdenken, und das waren gerade die Gedanken, die sie ängstigten und ihr den Schlaf genommen hatten.

Jetzt sprang das Heidi herein und gerade auf die Großmutter zu, setzte sich auf sein Schemelchen, das immer dastand, und erzählte ihr mit einem solchen Eifer alles, was es wußte, daß es selbst noch immer mehr davon erfüllt wurde. Aber auf einmal hörte es mitten in seinem Satze auf und fragte besorgt:

„Was hast du, Großmutter, freut dich alles gar kein bißchen?“

„Doch, doch, Heidi, es freut mich schon für dich, weil du eine so große Freude daran haben kannst“, antwortete sie und suchte ein wenig fröhlich auszusehen.

„Aber Großmutter, ich kann ganz gut sehen, daß es dir angst ist. Meinst du etwa, Fräulein Rottenmeier komme doch noch mit?“ fragte das Heidi, selber etwas ängstlich.

„Nein, nein! Es ist nichts, es ist nichts!“ beruhigte die Großmutter. „Gib mir ein wenig deine Hand, Heidi, daß ich recht spüren kann, daß du noch da bist. Es wird ja doch zu deinem Besten sein, wenn ich es auch fast nicht überleben kann.“

„Ich will nichts von dem Besten, wenn du es fast nicht überleben kannst, Großmutter“, sagte das Heidi so bestimmt, daß dieser mit einemmal eine neue Befürchtung aufstieg. Sie mußte ja annehmen, daß die Leute aus Frankfurt kämen, das Heidi wiederzuholen, denn da es nun wieder gesund war, konnte es ja nicht anders sein, als daß sie es wiederhaben wollten. Das war die große Angst der Großmutter. Aber sie fühlte jetzt, daß sie es vor dem Heidi nicht merken lassen sollte. Es war ja so mitleidig mit ihr, und da könnte es sich vielleicht widersetzen und nicht gehen wollen, und das durfte nicht sein. Sie suchte nach einer Hilfe, aber nicht lange, denn sie kannte nur eine.

„Ich weiß etwas, Heidi", sagte sie nun, „das macht mir wohl und bringt mir die guten Gedanken wieder. Lies mir das Lied, wo es gleich im Anfang heißt: ›Gott will's machen.‹"

Das Heidi wußte jetzt so gut Bescheid in dem alten Liederbuch, daß es auf der Stelle fand, was die Großmutter begehrte, und es las mit hellem Ton:

„Gott will's machen,
Daß die Sachen
Gehen, wie es heilsam ist.
Laß die Wellen
Immer schwellen,
Denk, wie du so sicher bist!"

„Ja, ja, das ist's grad, was ich hören mußte", sagte die Großmutter erleichtert, und der Ausdruck der Bekümmernis verschwand aus ihrem Gesichte. Das Heidi schaute sie nachdenklich an, dann sagte es:

„Gelt, Großmutter, ›heilsam‹ heißt, wenn alles heilt, daß es einem wieder ganz wohl wird?"

„Ja, ja, so wird's sein", nickte bejahend die Großmutter, „und weil der liebe Gott es so machen will, so kann man ja sicher sein, wie's auch kommt. Lies es noch einmal, Heidi, daß wir's so recht behalten können und nicht wieder vergessen."

Das Heidi las seinen Vers gleich noch einmal und dann noch ein paarmal, denn die Sicherheit gefiel ihm auch so gut.

Als so der Abend herangekommen war und das Heidi wieder den Berg hinaufwanderte, da kam über ihm ein Sternlein nach dem andern heraus und funkelte und leuchtete zu ihm herunter, und es war gerade, als wollte jedes wieder neu ihm eine große Freude ins Herz hineinstrahlen, und alle Augenblicke mußte das Heidi wieder stille stehen und hinaufschauen, und wie sie alle ringsum am Himmel in immer hellerer Freude herunterblickten, da mußte es ganz laut hinaufrufen: „Ja, ich weiß schon, weil der liebe Gott alles so gut weiß, wie es heilsam ist, kann man eine solche Freude haben und ganz sicher sein!" Und die Sternlein alle schimmerten und glänzten und winkten dem Heidi zu mit ihren Augen fort und fort, bis es oben bei der Hütte angekommen war, wo der Großvater stand und auch zu den Sternen hinaufschaute, denn so schön hatten sie lange nicht mehr heruntergestrahlt.

Nicht nur die Nächte, auch die Tage dieses Maimonats waren so hell und klar wie seit vielen Jahren nicht mehr, und öfters schaute der Großvater am Morgen mit Erstaunen zu, wie die Sonne mit derselben Pracht am wolkenlosen Himmel wieder aufstieg, wie sie niedergegangen war, und er mußte wiederholt sagen: „Das ist ein apartes Sonnenjahr; das gibt besondere Kraft in die Kräuter. Paß auf, Anführer, daß deine Springer nicht zu übermütig werden vom guten Futter!"

Dann schwang der Peter ganz kühn seine Rute in der Luft, und auf seinem Gesicht stand deutlich die Antwort geschrieben: „Mit denen will ich's schon aufnehmen."

So verfloß der grünende Mai, und es kam der Juni mit seiner noch wärmeren Sonne und den langen, langen lichten Tagen, die alle Blümlein auf der ganzen Alp herauslockten, daß sie glänzten und glühten ringsum und die ganze Luft weit umher mit ihrem süßen Duft erfüllten. Schon ging auch dieser Monat seinem Ende entgegen, als das Heidi eines Morgens aus der Hütte herausgesprungen kam, wo es seine Morgengeschäfte schon vollendet hatte. Es wollte schnell einmal unter die Tannen hinaus und dann ein wenig weiter hinauf, um zu sehen, ob der ganze große Busch von dem Tausendgüldenkraut offenstehe, denn die Blümchen waren so entzückend schön in der durchscheinenden Sonne. Aber als das Heidi um die Hütte herumrennen wollte, schrie es auf einmal aus allen Kräften so gewaltig auf, daß der Öhi aus dem Schopf heraustrat, denn das war etwas Ungewöhnliches.

„Großvater! Großvater!" rief das Kind wie außer sich. „Komm hierher! Komm hierher! Sieh! Sieh!"

Der Großvater erschien auf den Ruf, und sein Blick folgte dem ausgestreckten Arm des aufgeregten Kindes.

Die Alm herauf schlängelte sich ein seltsamer Zug, wie noch nie einer hier gesehen worden war. Zuerst kamen zwei Männer mit einem offenen Tragsessel, darauf saß ein junges Mädchen, in viele Tücher eingehüllt. Dann kam ein Pferd, darauf saß eine stattliche Dame, die sehr lebhaft nach allen Seiten blickte und sich eifrig mit dem jungen Führer unterhielt, der ihr zur Seite ging. Dann kam ein leerer Rollstuhl, von einem andern jungen Burschen gestoßen, denn die Kranke, die hineingehörte, wurde den steilen Berg hinan auf dem Tragsessel sicherer transportiert. Zuletzt kam ein Träger, der hatte auf sein Reff so viele Decken, Tücher und Pelze übereinandergehäuft, daß sie oben noch hoch über seinen Kopf hinausragten.

„Sie sind's! Sie sind's!" schrie das Heidi und hüpfte hoch auf vor Freude. Sie waren es wirklich. Nun kamen sie näher und näher, und nun waren sie da. Die Träger setzten ihren Sessel auf die Erde, das Heidi sprang herzu, und die beiden Kinder begrüßten sich mit ungeheurer Freude. Jetzt war auch die Großmama oben und stieg von ihrem Pferde herunter. Das Heidi rannte zu ihr hin und wurde mit großer Zärtlichkeit begrüßt. Dann wandte sich die Großmama zum Almöhi um, der sich genaht hatte, um sie zu bewillkommnen. Da war gar keine Steifheit in der Begrüßung, denn sie kannte ihn und er sie so gut, als hätten sie schon lange Zeit miteinander verkehrt.

Gleich nach den ersten Worten der Begrüßung sagte auch die Großmama mit großer Lebhaftigkeit: „Mein lieber Öhi, was haben Sie für einen Herrensitz! Wer hätte das gedacht! Mancher König könnte Sie darum beneiden! Wie sieht auch mein Heidi aus! Wie ein Monatsröschen!" fuhr sie fort, indem sie das Kind an sich zog und ihm die frischen Backen streichelte. „Was ist das für eine Herrlichkeit um und um! Was sagst du, Klärchen, mein Kind, was sagst du!"

Klara schaute in völligem Entzücken um sich. So etwas hatte sie ja in ihrem ganzen Leben nicht gekannt, nicht geahnt.

„Oh, wie schön ist's da! Oh, wie schön ist's da!“ rief sie einmal ums andere aus. „So hab ich mir's nicht gedacht. O Großmama, hier möcht ich bleiben!“

Der Öhi hatte derweilen den Rollstuhl herbeigerückt und einige der Tücher vom Reff heruntergenommen und hineingebettet. Jetzt trat er an den Tragsessel heran.

„Wenn wir das Töchterchen nun in den gewohnten Stuhl setzten, so wäre es besser daran, der Reisesessel ist ein wenig hart“, sagte er, wartete aber nicht darauf, ob da jemand Hand anlegen werde, sondern hob sofort die kranke Klara mit seinen starken Armen sachte aus dem Strohsessel und setzte sie mit der größten Sorgfalt auf den weichen Sitz hin. Dann legte er die Tücher über die Knie zurecht und bettete ihr die Füße so bequem auf die Polster, als hätte der Öhi sein Leben lang nichts getan, als Menschen mit kranken Gliedern gepflegt. Die Großmama hatte im höchsten Erstaunen zugeschaut.

„Mein lieber Öhi“, brach sie jetzt aus, „wenn ich wüßte, wo Sie die Krankenpflege erlernt haben, noch heute schickte ich alle Wärterinnen, die ich kenne, dahin, daß sie dasselbe tun. Wie ist denn so etwas möglich?“

Der Öhi lächelte ein wenig. „Es kommt mehr vom Probieren als vom Studieren“, entgegnete er, aber auf seinem Gesichte lag trotz des Lächelns ein Zug der Traurigkeit. Vor seinen Augen war aus längst vergangener Zeit das leidende Antlitz eines Mannes aufgestiegen, der so in einen Stuhl gebettet dasaß und so verstümmelt war, daß er kaum ein Glied mehr gebrauchen konnte. Das war sein Hauptmann, den er in Sizilien nach dem heißen Gefechte so an der Erde gefunden und weggetragen hatte und der ihn nachher als einzigen Pfleger um sich litt und nicht mehr von sich gelassen hatte, bis seine schweren Leiden zu Ende waren. Der Öhi sah seinen Kranken wieder vor sich; es war ihm nicht anders, als ob es jetzt seine Sache sei, die kranke Klara zu pflegen und ihr alle die erleichternden Dienstleistungen zu erweisen, die er so wohl kannte.

Der Himmel lag dunkelblau und wolkenlos über der Hütte und über den Tannen und weit über die hohen Felsen weg, die grau schimmernd hineinragten. Klara konnte sich gar nicht genug umschauen, sie war ganz voller Entzücken über alles, was sie sah.

„O Heidi, wenn ich nur mit dir herumgehen könnte, hier rund um die Hütte und unter die Tannen!“ rief sie sehnsüchtig aus. „Wenn ich doch alles mit dir ansehen könnte, was ich schon so lange kenne und doch noch nie gesehen habe!“

Jetzt machte das Heidi eine große Anstrengung, und richtig, es gelang, der Stuhl rollte ganz schön über den trockenen Grasboden hin bis unter die Tannen. Hier wurde haltgemacht. So etwas hatte ja Klara wieder in ihrem Leben nie gesehen, wie die hohen, alten Tannen waren, deren lange, breite Äste bis auf den Boden herabwuchsen und da immer größer und dicker wurden. Auch die Großmama, die den Kindern gefolgt war, stand in hoher Bewunderung da. Sie wußte nicht, was das schönste an den uralten Bäumen war, ob die vollen, rauschenden Wipfel hoch oben im Blau oder die geraden, festen Säulenstämme, die mit ihren gewaltigen Ästen von so vielen, vielen Jahren erzählten, die sie schon da oben gestanden und auf das Tal niedergeschaut hatten, wo die Menschen kamen und gingen und immer wieder alles anders wurde, und sie waren immer dieselben geblieben.

Unterdessen hatte das Heidi den Rollstuhl vor den Geißenstall hingeschoben und hatte da die kleine Tür weit aufgerissen, damit Klara auch alles recht sehen könne. Da war nun freilich für diesmal nicht sehr viel zu sehen, da die Bewohner nicht daheim waren. Ganz bedauerlich rief Klara zurück:

„O Großmama, wenn ich doch nur Schwänli und Bärli noch erwarten könnte und alle die anderen Geißen und den Peter! Die kann ich ja alle gar nicht sehen, wenn wir dann immer so früh fort müssen, wie du gesagt hast; das ist so schade!“

„Liebes Kind, jetzt erfreuen wir uns an all dem Schönen, das da ist, und denken nicht daran, was noch fehlen könnte", berichtigte die Großmama, dem Stuhle folgend, der nun wieder weitergeschoben wurde.

„Oh, die Blumen!" schrie Klara wieder auf. „Ganze Büsche so feine, rote Blümchen und alle die nickenden Blauglöckchen! Oh, wenn ich doch heraus könnte und sie holen!"

Das Heidi rannte augenblicklich hin und brachte einen großen Strauß zurück.

„Aber das ist noch gar nichts, Klara", sagte es, die Blumen auf ihren Schoß legend. „Wenn du einmal mit uns auf die Weide hinaufkommst, dann wirst du erst etwas sehen! Auf einem Platz zusammen so viele, viele Büsche von dem roten Tausendgüldenkraut und noch viel, viel mehr blaue Glockenblümchen als hier und so viele tausend von den hellen, gelben Weideröschen, daß es ist wie lauter Gold, das am Boden glänzt. Und dann sind erst noch die mit den großen Blättern, der Großvater sagt, sie heißen Sonnenaugen, und dann sind noch die braunen, weißt du, mit den runden Köpfchen, die riechen so gut, und da ist es so schön! Wenn man da sitzt, dann kann man gar nicht mehr aufstehen, so schön ist es!"

Heidis Augen funkelten vor Verlangen wiederzusehen, was es beschrieb, und Klara war wie angezündet davon, und aus ihren sanften blauen Augen leuchtete ein völliger Widerschein von Heidis feurigem Verlangen auf.

„O Großmama, kann ich wohl dahin kommen? Glaubst du, ich kann so hoch hinauf?" fragte sie sehnsüchtig. „Oh, wenn ich nur gehen könnte, Heidi, und so mit dir auf der Alp herumsteigen, überallhin!"

„Ich will dich schon stoßen", beruhigte sie das Heidi und nahm nun zum Zeichen, wie leicht das gehe, einen solchen Anlauf um die Ecke herum, daß der Stuhl fast den Berg hinuntergeflogen wäre. Da stand aber der Großvater in der Nähe und hielt ihn eben noch rechtzeitig auf in seinem Lauf.

Während der Besuch unter den Tannen stattgefunden hatte, war der Großvater nicht müßig gewesen. Bei der Bank vor der Hütte stand jetzt der Tisch und die nötigen Stühle, und alles lag schon bereit, damit hier das schöne Mittagsmahl eingenommen werden konnte, das noch in der Hütte drinnen im Kessel dampfte und an der großen Gabel über den Gluten schmorte. Es währte aber gar nicht lange, so hatte der Großvater alles auf den Tisch gesetzt, und fröhlich saß nun die ganze Gesellschaft beim Mahle.

Die Großmama war in hellem Entzücken über diesen Speisesaal, von dem aus man weit, weit hinab ins Tal und über alle Berge weg in den blauen Himmel hinein schauen konnte. Ein milder Wind fächelte den Tischgenossen liebliche Kühlung zu und säuselte drüben in den Tannen so anmutig, als wäre er eine eigens zum Feste bestellte Tafelmusik.

„So etwas ist mir noch nicht vorgekommen. Es ist eine wahre Herrlichkeit!“ rief die Großmama wieder und wieder aus. „Aber was seh ich“, setzte sie jetzt in höchster Bewunderung hinzu, „ich glaube gar, du bist an einem zweiten Stück Käsebraten angekommen, Klärchen?“

Wirklich lag das zweite golden glänzende Stück auf Klaras Brotschnitte.

„Oh, das schmeckt so gut, Großmama, besser als die ganze Tafel in Ragaz“, versicherte Klara und biß mit großem Appetit in die gewürzige Speise hinein.

„Nur zu! Nur zu!“ sagte der Almöhi wohlgefällig. „Das ist unser Bergwind, der hilft nach, wo die Küche zurückbleibt.“

So nahm das fröhliche Mahl seinen Verlauf. Die Großmama und der Almöhi verstanden sich ausnehmend wohl, und ihr Gespräch war immer lebhafter geworden. Sie stimmten in allerhand Meinungen über Menschen und Dinge und den Verlauf der Welt so gut überein, daß es war, als hätten die beiden schon jahrelang in einem freundschaftlichen Verkehr gestanden. So ging eine gute Zeit dahin, und auf einmal schaute die Großmama gegen Abend hin und sagte:

„Wir müssen uns bald rüsten, Klärchen, die Sonne ist schon weit vorgerückt; die Leute müssen bald wiederkommen mit Pferd und Sessel.“

Aber auf das eben noch so fröhliche Gesicht der Klara kam ein ganz trauriger Ausdruck, und sie bat eindringlich: „Oh, nur noch eine Stunde, Großmama, oder zwei! Wir haben ja die Hütte noch gar nicht gesehen und Heidis Bett und die ganze Einrichtung. Oh, wenn der Tag nur noch zehn Stunden hätte!"

„Das ist nun nicht gut möglich", meinte die Großmama, aber die Hütte wollte sie auch gern noch ansehen. Man brach also gleich vom Tische auf, und der Öhi lenkte den Stuhl mit fester Hand der Türe zu. Aber hier ging es nicht weiter, der Stuhl war viel zu breit, um durch die Öffnung eingehen zu können. Der Öhi besann sich nicht lange. Er hob Klara heraus und trug sie auf seinem sicheren Arm in die Hütte hinein.

Hier lief die Großmama hin und her und besah sich genau die ganze Einrichtung und hatte ihren großen Spaß an der ganzen Häuslichkeit, die so hübsch aufgeräumt und wohlgeordnet aussah. „Das ist ja wohl dein Bett dort auf der Höhe, Heidi, nicht wahr?" fragte sie jetzt und stieg gleich unerschrocken das Leiterchen hinauf zum Heuboden. „Oh, wie das hübsch duftet, das muß ein gesundes Schlafgemach sein!" Und die Großmama ging zu dem Loche hin und guckte durch, und schon stieg auch der Großvater mit der Klara auf dem Arm nach, und hinterdrein hüpfte das Heidi herauf.

Jetzt standen sie alle um Heidis schön aufgerüstetes Heubett herum, und ganz nachdenklich schaute die Großmama darauf hin und zog von Zeit zu Zeit in langen Atemzügen den würzigen Duft des frischen Heues mit Behagen ein. Klara war von Heidis Schlafstätte völlig hingerissen.

„O Heidi, wie lustig hast du's doch! Vom Bett aus siehst du gerade in den Himmel hinein und hast einen so schönen Geruch um dich und hörst die Tannen rauschen draußen. Oh, so lustig und kurzweilig hab ich noch gar kein Schlafzimmer gesehen!"

Der Öhi schaute jetzt zu der Großmama hinüber.

„Ich hätte so meine Gedanken", sagte er, „wenn die Frau Großmama mir glauben wollte und ihr die Sache nicht widerstrebte. Ich meine, wenn wir das Töchterchen ein wenig hier oben behielten, so könnte es zu neuen

Kräften kommen. Es sind da so allerhand Tücher und Decken mitgekommen, aus denen bereiten wir hier ein ganz apart weiches Bett, und um die Pflege des Töchterchens müßte die Frau Großmama keine Sorge haben, die übernehme ich."

Klara und Heidi jauchzten miteinander auf wie zwei freigelassene Vögel, und über das Gesicht der Großmama kam ein ganzer Sonnenschein.

„Mein lieber Öhi, Sie sind ein prächtiger Mann!" brach sie aus. „Was meinen Sie, was ich eben jetzt dachte? Ich sagte im stillen: Müßte nicht ein Aufenthalt hier oben das Kind ganz besonders stärken? Aber die Pflege! Die Sorge! Die Unbequemlichkeit für den Wirt! Und Sie kommen und sprechen es aus, so als wäre da gar nichts dabei. Ich muß Ihnen danken, mein lieber Öhi, ich muß Ihnen von ganzem Herzen danken!" Und die Großmama schüttelte dem Öhi die Hand ein Mal ums andere und immer wieder, und der Öhi schüttelte auch die ihrige mit einem ganz erfreuten Gesicht.

Sofort ging der Öhi zur Tat über. Er trug Klara in ihren Sessel vor die Hütte zurück, vom Heidi gefolgt, das nicht wußte, wie hoch es vor Freude springen wollte. Dann lud er gleich die sämtlichen Tücher und Pelzdecken auf seine Arme und sagte wohlgefällig lächelnd: „Es ist gut, daß die Frau Großmama so wie zu einem Winterfeldzug gerüstet hatte: Das können wir brauchen."

„Mein lieber Öhi", antwortete die Herzutretende lebhaft, „Vorsicht ist eine schöne Tugend und schützt vor manchem Ungemach. Wenn man auf den Reisen über Ihre Gebirge ohne Sturm und Wind und Wolkenbrüche davonkommt, so kann man nur danken, und das wollen wir tun, und meine Schutzmittelchen sind auch so noch gut zu gebrauchen; darin sind wir einig."

Während dieses kleinen Gespräches waren die beiden nach dem Heuboden hinaufgestiegen und begannen nun die Tücher über das Bett hinzubreiten, eins nach dem andern. Da waren ihrer so viele, daß das Bett zuletzt aussah wie eine kleine Festung.

„Jetzt soll mir noch ein einziger Heuhalm durchstechen, wenn er kann", sagte die Großmama, indem sie noch einmal mit der Hand auf allen Seiten eindrückte, aber die weiche Mauer war so undurchdringlich, daß wirklich keiner mehr durchstach. Nun stieg sie befriedigt die Leiter hinunter und trat zu den Kindern heraus, die mit strahlenden Angesichtern nahe zusammensaßen und ausmachten, was sie nun tun wollten vom Morgen bis zum Abend, solange Klara auf der Alp bleiben durfte. Aber wie lange würde das sein? Das war nun die große Frage, welche augenblicklich der Großmama vorgelegt wurde. Die sagte, das wisse der Großvater am besten, ihn müßten sie fragen, und als dieser eben herzutrat und nun die Frage an ihn gerichtet wurde, meinte er, vier Wochen seien gerade recht, um beurteilen zu können, ob die Alpluft ihre Schuldigkeit an dem Töchterchen tue oder nicht. Jetzt jubelten die Kinder erst recht auf, denn die Aussicht auf solches Zusammenbleiben übertraf alle ihre Erwartungen.

Nun sah man von unten herauf wieder die Sesselträger und den Pferdeführer mit seinem Tier heranrücken. Die ersteren konnten gleich wieder umkehren.

Als die Großmama sich anschickte, ihr Pferd zu besteigen, rief Klara fröhlich aus: „O Großmama, das ist nun gar kein Abschied, wenn du schon fortreitest, denn nun kommst du von Zeit zu Zeit zu uns zum Besuch auf die Alp, um zu sehen, was wir machen, und das ist dann so lustig, nicht, Heidi?"

Heidi, das heute von einem Vergnügen ins andere fiel, konnte seine zustimmende Antwort nur durch einen hohen Freudensprung ausdrücken.

Nun bestieg die Großmama das feste Saumtier, und der Öhi ergriff den Zügel und führte das Pferd mit sicherer Hand den steilen Berg hinunter. Wie auch die Großmama eiferte, er möchte doch nicht so weit mitgehen, es half nichts: Der Öhi erklärte, er werde ihr sein Geleit bis zum Dörfli hinunter geben, da die Alp so steil und der Ritt nicht ohne Gefahr sei.

In dem einsamen Dörfli gedachte die Großmama, nun sie allein war, nicht zu bleiben. Sie wollte nach Ragaz zurückkehren und von dort aus dann von Zeit zu Zeit ihre Alpenreise wiederholen.

Noch bevor der Öhi wieder zurückgekehrt war, kam der Peter mit seinen Geißen dahergerannt. Als diese merkten, wo das Heidi war, stürzten sie alle der Stelle zu. Im Augenblick war die Klara in ihrem Stuhle samt dem Heidi mitten in dem Rudel drinnen, und drängend und stoßend guckte immer eine der Geißen über die andere her, und jede wurde gleich vom Heidi der Klara genannt und vorgestellt.

So kam es, daß diese in der kürzesten Zeit die langerwünschte Bekanntschaft mit dem kleinen Schneehöppli, dem lustigen Distelfink, den sauberen Geißen des Großvaters, mit allen, allen bis hinauf zum großen Türk gemacht hatte. Der Peter aber stand derweilen abseits und warf seltsam drohende Blicke auf die vergnügte Klara hin.

Als nun die Kinder beide freundlich zu ihm hinüberriefen: „Gute Nacht, Peter!“, gab er durchaus keine Antwort, sondern hieb mit seiner Rute so grimmig in die Luft hinein, als wollte er diese völlig entzweischlagen. Dann lief er davon und sein Gefolge hinter ihm her.

Zu allem Schönen, das Klara heute auf der Alp schon gesehen hatte, kam nun noch der Schluß.

Als sie oben auf dem Heuboden auf dem großen, weichen Bette lag, zu dem nun auch das Heidi emporkletterte, da schaute sie durch das offene runde Loch gerade mitten in die schimmernden Sterne hinein, und voller Entzücken rief sie aus:

„O Heidi, sieh, es ist gerade, wie wenn wir auf einem hohen Wagen in den Himmel hineinfahren würden!“

„Ja, und weißt du, warum die Sterne so voller Freude sind und uns so mit den Augen winken?“ fragte das Heidi.

„Nein, das weiß ich nicht; was meinst du denn?“ fragte Klara zurück.

„Weil sie droben im Himmel sehen, wie der liebe Gott alles so gut einrichtet für die Menschen, daß sie gar keine Angst haben müssen und ganz sicher sein können, weil alles so kommt, wie es heilsam ist. Das freut sie so; sieh, wie sie winken, daß wir auch so fröhlich sein sollen! Aber weißt du, Klara, wir müssen auch nicht vergessen zu beten, wir müssen recht den lieben Gott bitten, daß er auch an uns denke, wenn er alles so schön einrichtet, daß wir auch immer so sicher sein können und uns vor gar nichts fürchten müssen."

Jetzt richteten sich die Kinder noch einmal auf und sagten jedes sein Nachtgebet. Dann legte sich das Heidi auf seinen runden Arm und schlief augenblicklich ein. Aber Klara blieb noch lange wach, denn etwas so Wunderbares wie diese Schlafstätte im Sternenschein hatte sie noch in ihrem Leben nicht gesehen.

Sie hatte ja überhaupt kaum je die Sterne gesehen, denn außer dem Hause war sie des Nachts nie gewesen, und drinnen wurden die dichten Vorhänge längst niedergelassen, bevor die Sterne kamen. Wenn sie nun jetzt die Augen zumachen wollte, mußte sie sie gleich noch einmal aufschlagen, um zu sehen, ob denn die beiden großen, hellen Sterne immer noch hereinfunkelten und so merkwürdig winkten, wie das Heidi gesagt hatte. Und immer noch war es so, und Klara konnte es nicht genug bekommen, in das Flimmern und Leuchten hineinzuschauen, bis endlich ihre Augen von selbst zufielen und sie nur im Traume noch die zwei großen, schimmernden Sterne sah.

Wie es auf der Alp weitergeht

Eben war die Sonne hinter den Felsen heraufgestiegen und warf nun ihre goldenen Strahlen über die Hütte und über das Tal hinab. Der Almöhi hatte, wie er jeden Morgen tat, still und andächtig zugeschaut, wie ringsum auf den Höhen und im Tal die leichten Nebel sich lichteten und das Land aus dem Dämmerschatten herausschaute und zum neuen Tage erwachte.

Heller und heller wurden oben die lichten Morgenwolken, bis jetzt die Sonne völlig heraustrat und Fels und Wald und Hügel mit goldenem Lichte übergoß.

Jetzt trat der Öhi in seine Hütte zurück und ging leise die kleine Leiter hinauf. Klara hatte eben die Augen aufgeschlagen und schaute in der höchsten Verwunderung auf die hellen Sonnenstrahlen, die durch das runde Loch hereindrangen und auf ihrem Bette tanzten und blitzten. Sie wußte gar nicht, was sie sah und wo sie war. Doch jetzt erblickte sie das schlafende Heidi an ihrer Seite, und nun ertönte auch die freundliche Stimme des Großvaters: „Gut geschlafen? Nicht müde?" Klara versicherte, sie sei nicht müde, und, einmal eingeschlafen, sei sie auch die ganze Nacht nicht mehr erwacht. Das gefiel dem Großvater, und nun fing er gleich an und besorgte die Klara so gut und so verständnisvoll, als wäre es geradezu sein Beruf, kranke Kinder zu besorgen und es ihnen bequem zu machen.

Das Heidi hatte seine Augen jetzt auch aufgemacht und sah auf einmal mit Erstaunen, wie der Großvater die schon fertig gerüstete Klara auf den Arm nahm und forttrug. Da mußte es doch dabeisein. Blitzschnell ging seine Ausrüstung vor sich. Dann ging's die Leiter hinunter, und nun war auch das Heidi aus der Tür und stand draußen, mit großer Verwunderung betrachtend, was der Großvater jetzt wieder ausführte. Er hatte am Abend vorher, als die Kinder schon oben auf ihrem Lager angekommen waren, überlegt, wo der breite Rollstuhl unter Dach gebracht werden könnte. Die Tür der Hütte war ja viel zu schmal, hier konnte er nie eingefahren werden. Da war ihm ein Gedanke gekommen. Er machte hinten am Schopf zwei große Laden los, so daß da eine breite Öffnung entstand. Der Stuhl wurde hineingestoßen und die hohen Bretter wieder an ihre Stelle gebracht, wenn auch nicht festgemacht. Das Heidi kam eben an, nachdem der Großvater Klara drinnen in ihren Stuhl gesetzt, dann die Bretter weggenommen hatte und nun mit ihr aus dem Schopf in den Morgensonnenschein herausgefahren kam. Mitten auf dem Platze ließ er den Stuhl stehen und ging dem Geißenstall zu. Das Heidi sprang an Klaras Seite.

Der frische Morgenwind wehte um die Gesichter der Kinder, und ein würziger Tannenduft kam mit jedem neuen Windeswehen herüber und durchströmte die sonnige Morgenluft. Klara zog tiefe Züge ein und lehnte sich in ihren Stuhl zurück, in einem Gefühl des Wohlseins, wie sie es nie empfunden hatte.

Noch nie in ihrem Leben hatte sie ja auch frische Morgenluft draußen in der freien Natur eingeatmet, und nun wehte die reine Alpenluft um sie so kühl und erfrischend, daß jeder Atemzug ein Genuß war. Dazu der helle, süße Sonnenschein, der gar nicht heiß war hier oben und so lieblich warm auf ihren Händen lag und an dem trockenen Grasboden zu ihren Füßen. Daß es so auf der Alp sein könnte, das hatte sich Klara gar nicht vorstellen können.

„O Heidi, wenn ich nur immer, immer hier oben bei dir bleiben könnte!“ sagte sie jetzt, sich ganz wohlig hin und her wendend in ihrem Stuhl, um so recht von allen Seiten Luft und Sonne einzutrinken.

„Jetzt siehst du, daß es so ist, wie ich dir gesagt habe“, entgegnete das Heidi erfreut, „daß es am schönsten auf der ganzen Welt beim Großvater auf der Alm ist.“ Eben trat dieser aus dem Stalle heraus zu den Kindern heran. Er brachte zwei Schüsselchen voll schäumender, schneeweißer Milch und reichte eins der Klara, das andere dem Heidi.

„Das wird dem Töchterchen wohltun“, sagte er, Klara zunickend. „Sie ist vom Schwänli, die gibt Kraft. Zum Wohlsein! Nur zu!“ Klara hatte noch nie Milch von einer Geiß getrunken, sie hatte erst zur Sicherheit ein wenig daran riechen müssen. Als sie nun aber sah, mit welcher Begier das Heidi seine Milch heruntertrank, ohne ein einziges Mal abzusetzen – so erstaunlich gut schmeckte sie ihm –, da setzte Klara auch an und trank und trank, und wahrhaftig, sie war so süß und kräftig, als wäre Zucker und Zimmet darin, und Klara trank zu, bis nichts mehr im Schüsselchen war.

„Morgen nehmen wir zwei“, sagte der Großvater, der mit Befriedigung zugesehen hatte, wie Klara Heidis Beispiel gefolgt war.

Jetzt erschien der Peter mit seiner Schar, und während das Heidi durch die allseitigen Morgenbegrüßungen gleich mitten in die Herde hineingedrängt wurde, nahm der Öhi den Peter ein wenig auf die Seite, damit dieser verstehen könne, was er ihm zu sagen hatte, denn die Geißen meckerten immer, eine stärker als die andere, vor lauter Freude und Freundschaftsbezeugungen, sobald sie das Heidi in ihrer Mitte hatten.

„Jetzt hör zu und paß auf", sagte der Öhi. „Von heut an lässest du dem Schwänli seinen Willen. Es hat die Fühlung, wo die kräftigsten Kräutlein sind; also wenn es hinauf will, so gehst du nach, den anderen tut's ja auch gut, und wenn es höher will, als du sonst mit ihnen gehst, so gehst du wieder und hältst es nicht zurück, hörst du! Wenn du auch ein wenig klettern mußt, schad't nichts, du gehst, wo es will, denn in dieser Sache ist es vernünftiger als du, und es muß nur noch vom Besten bekommen, daß es eine Prachtmilch gibt. Warum guckst du dort hinüber, wie wenn du einen verschlucken wolltest? Es wird dir niemand im Wege sein. So, jetzt vorwärts, und denk daran!"

Der Peter war gewohnt, dem Öhi aufs Wort zu folgen. Er trat gleich seinen Marsch an; man konnte aber sehen, daß er noch etwas im Hinterhalt hatte, denn er drehte immer den Kopf um und rollte mit den Augen. Die Geißen folgten und drängten das Heidi noch eine Strecke mit vorwärts. Das war dem Peter eben recht. „Du mußt mit", rief er jetzt drohend in den Geißenrudel hinein, „du mußt mit, wenn man dem Schwänli nachmuß."

„Nein, ich kann nicht", rief das Heidi zurück, „und ich kann jetzt lange, lange nicht mitkommen, solange die Klara bei mir ist. Aber einmal kommen wir dann miteinander hinauf, der Großvater hat es uns versprochen."

Unter diesen Worten hatte das Heidi sich aus den Geißen herausgewunden und sprang nun zu Klara zurück. Jetzt machte der Peter mit beiden Fäusten eine so drohende Gebärde gegen den Rollstuhl hinunter, daß die Geißen auf die Seite sprangen. Er sprang aber auf der Stelle nach und ohne Aufenthalt eine ganze Strecke weit hinauf, bis er außer Sicht war, denn er dachte, der Öhi könnte ihn etwa gesehen haben, und er wollte lieber nicht wissen, was für einen Eindruck das Fausten dem Öhi gemacht habe.

Klara und Heidi hatten für heute so viel im Sinn, daß sie gar nicht wußten, wo anfangen. Das Heidi schlug vor, zuerst den Brief an die Großmama zu schreiben, den hatten sie ja bestimmt versprochen, und so für jeden Tag einen neuen. Die Großmama war doch ihrer Sache nicht so ganz sicher, wie es in die Länge da droben der Klara behagen und auch, wie es mit ihrer Gesundheit gehen würde, und so hatte sie den Kindern das Versprechen abgenommen, ihr jeden Tag einen Brief zu schreiben und alles zu erzählen, was sie erlebten. So konnte die Großmama auch sogleich wissen, wenn sie oben nötig werden sollte, und bis dahin ruhig unten bleiben.

„Müssen wir in die Hütte hinein zum Schreiben?" fragte Klara, die wohl dafür war, der Großmama Bericht zu geben; aber da draußen war es ihr so wohl, daß sie gar nicht weg mochte.

Aber das Heidi wußte sich einzurichten. Augenblicklich rannte es in die Hütte hinein und kam mit seinen sämtlichen Schulsachen und dem niedrigen Dreibeinstühlchen beladen wieder zurück. Nun legte es sein Lesebuch und Schreibheft der Klara auf den Schoß, daß sie darauf schreiben konnte, und es selbst setzte sich an die Bank hin auf sein Stühlchen, und nun begannen sie beide der Großmama zu erzählen. Aber nach jedem Satze, den Klara geschrieben hatte, legte sie ihren Bleistift wieder hin und schaute um sich. Es war gar zu schön. Der Wind war nicht mehr so kühl; nur lieblich fächelnd wehte er um ihr Gesicht, und drüben in den Tannen flüsterte er leise. In der klaren Luft tanzten und summten die kleinen, fröhlichen Mücken, und weit umher lag eine große Stille auf dem ganzen sonnigen Gefilde. Groß und still schauten die hohen Felsenberge herüber, und das ganze weite Tal hinab lag alles wie im stillen Frieden. Nur dann und wann schallte das frohe Jauchzen eines Hirtenbuben durch die Luft, und leise gab das Echo die Töne in den Felsen wieder.

Der Morgen war dahin, die Kinder wußten nicht, wie, und schon kam der Großvater mit der dampfenden Schüssel daher, denn er sagte, mit dem Töchterchen bleibe man nun draußen, solang ein Lichtstrahl am Himmel sei. So wurde das Mittagsmahl wie gestern vor der Hütte aufgestellt und mit Vergnügen eingenommen. Dann rollte das Heidi den Stuhl samt der Klara unter die Tannen hinüber, denn die Kinder hatten ausgemacht, den Nachmittag wollten sie dort in dem schönen Schatten sitzen und einander alles erzählen, was sich zugetragen, seit das Heidi Frankfurt verlassen hatte. Wenn auch da alles im gewohnten Geleise weitergegangen war, so hatte Klara doch allerlei Besonderes zu berichten von den Menschen, die im Hause Sesemann lebten und die dem Heidi ja so gut bekannt waren.

So saßen die Kinder nebeneinander unter den alten Tannen, und je eifriger sie im Erzählen wurden, desto lauter pfiffen die Vögel oben in den Zweigen, denn das Geplauder da unten freute sie, und sie wollten auch mithalten. So flog die Zeit dahin, und unversehens war es Abend geworden, und schon kam das Geißenheer heruntergestürmt, der Anführer hintendrein mit Stirnrunzeln und grimmiger Miene.

„Gute Nacht, Peter!“ rief ihm das Heidi zu, als es sah, daß er nicht im Sinne hatte stillzustehen.

„Gute Nacht, Peter!“ rief auch Klara freundlich hinüber.

Er gab keinen Gruß zurück und jagte schnaubend die Geißen weiter.

Als Klara jetzt sah, wie der Großvater das saubere Schwänli zum Melken nach dem Stalle führte, da ergriff sie auf einmal ein solches Verlangen nach der gewürzigen Milch, daß sie es fast nicht erwarten konnte, bis der Großvater damit kommen würde. Sie mußte selbst erstaunen darüber.

„Das ist aber einmal kurios, Heidi“, sagte sie. „Solange ich weiß, habe ich nur gegessen, weil ich mußte, und alles, was ich bekam, schmeckte nach Fischtran, und tausendmal habe ich gedacht: Wenn man nur nie essen müßte! Und jetzt kann ich es fast nicht erwarten, bis der Großvater kommt mit der Milch.“

„Ja, ich weiß schon, was das ist", entgegnete das Heidi ganz verständnisvoll, denn es gedachte der Tage in Frankfurt, da ihm alles im Halse steckenblieb und nicht hinunter wollte. Klara aber begriff die Sache doch nicht. Sie hatte aber, solange sie lebte, noch nie einen Tag lang in der freien Luft gesessen wie heute, und nun gar in dieser hohen, belebenden Bergluft.

Als der Großvater mit seinen Schüsselchen herankam, erfaßte Klara schnell dankend das ihrige, und in durstigen Zügen trank sie hintereinander und war diesmal noch vor dem Heidi zu Ende.

„Darf ich noch ein wenig haben?" fragte sie, dem Großvater das Schüsselchen hinhaltend.

Er nickte wohlgefällig, nahm auch Heidis Gefäß wieder in Empfang und ging zur Hütte zurück. Als er wiederkam, brachte er auf jedem Schüsselchen einen hohen Deckel mit, der war aber von anderem Stoff, als die Deckel gewöhnlich sind.

Der Großvater hatte am Nachmittag einen Gang nach dem grünen Maiensäß hinüber gemacht, zu der Sennhütte, wo die süße, hellgelbe Butter gemacht wird. Von dort hatte er einen schönen runden Ballen mitgebracht. Jetzt hatte er zwei feste Schnitten Brot genommen und die süße Butter schön dick daraufgestrichen. Diese sollten nun die Kinder zu ihrem Nachtessen haben. Gleich bissen auch alle beide so tief in die appetitlichen Schnitten hinein, daß der Großvater stehenblieb und zuschaute, wie das weitergehen würde, denn das gefiel ihm.

Als Klara nachher auf ihrem Lager wieder nach den schimmernden Sternen schauen wollte, ging es ihr wie dem Heidi an ihrer Seite: Die Augen fielen ihr auf der Stelle zu, und es kam ein so fester, gesunder Schlaf über sie, wie sie ihn niemals gekannt hatte.

In dieser erfreulichen Weise verging auch der folgende Tag und dann noch einer, und dann folgte eine große Überraschung für die Kinder. Es kamen zwei kräftige Träger den Berg heraufgestiegen; jeder trug auf seinem Reff ein hohes Bett, fertig aufgerüstet in der Bettschaft, beide ganz gleich bedeckt mit einer weißen Decke, sauber und nagelneu. Auch hatten die Männer einen Brief von der Großmama abzugeben. Da stand darin, daß diese Betten für Klara und Heidi seien, daß das Heu- und Deckenlager nun aufgehoben werden solle und daß von nun an das Heidi immer in einem richtigen Bette schlafen müsse, denn im Winter solle das eine der beiden ins Dörfli heruntergeschafft werden, das andere aber oben bleiben, damit Klara es immer vorfinde, wenn sie wiederkomme. Dann lobte die Großmama die Kinder um ihrer langen Briefe willen und ermunterte sie, täglich so fortzufahren, damit sie immer alles mitleben könne, als ob sie bei ihnen wäre.

Der Großvater war hineingegangen, hatte den Inhalt von Heidis Lager auf den großen Heuhaufen geworfen und die Decken weggelegt. Nun kam er wieder, um mit Hilfe der Männer die beiden Betten dort hinauf zu transportieren. Dann rückte er sie hart aneinander, damit von beiden Kopfkissen aus die Aussicht durch das Loch dieselbe bliebe, denn er kannte die Freude der Kinder an dem Morgen- und Abendschein, der da hereinglänzte.

Unterdessen saß die Großmama unten im Bade Ragaz und war hocherfreut über die vortrefflichen Nachrichten, die täglich von der Alp zu ihr heruntergelangten.

Das Entzücken über ihr neues Leben steigerte sich bei Klara noch von Tag zu Tag, und sie wußte nicht genug zu sagen von der Güte und sorglichen Pflege des Großvaters und wie lustig und kurzweilig das Heidi sei, noch viel mehr als in Frankfurt, und wie sie jeden Morgen beim Erwachen immer zuerst denke: O gottlob; ich bin noch auf der Alp!

Über diese ausnehmend erfreulichen Berichte war die Großmama jeden Tag aufs neue froh. Sie fand auch, da alles so stand, so könne sie ihren Besuch auf der Alp gar wohl noch ein wenig verschieben, was ihr nicht unlieb war, denn der Ritt den steilen Berg hinauf und wieder herunter war ihr doch etwas beschwerlich vorgekommen.

Der Großvater mußte eine ganz besondere Teilnahme für seinen Pflegling gefaßt haben, denn es verging kein Tag, an welchem er nicht irgend etwas Neues zu seiner Kräftigung ausdachte. Er machte jetzt jeden

Nachmittag weitere Gänge in die Felsen hinauf, immer höher, und jedesmal brachte er ein Bündelchen mit zurück, das duftete schon von weitem durch die Luft wie gewürzige Nelken und Thymian, und kehrten die Geißen am Abend heim, so fingen sie alle zu meckern und zu springen an und wollten alle miteinander in den Stall eindringen, wo das Bündelchen lag, denn sie kannten den Geruch. Aber der Öhi hatte die Tür gut zugemacht, denn er kletterte den seltenen Kräuterchen nicht nach, hoch an die Felsen hinauf, damit die Geißenschar ohne Mühe zu einer guten Mahlzeit komme. Die Kräutlein waren alle für das Schwänli bestimmt, damit es immer noch kräftigere Milch hergebe. Man konnte auch gut sehen, wie die außerordentliche Pflege bei ihm anschlug, denn es warf den Kopf immer lebendiger in die Höhe und machte ganz feurige Augen dazu.

So war nun schon die dritte Woche gekommen, seit Klara auf der Alp war. Seit einigen Tagen hatte der Großvater des Morgens, wenn er sie heruntertrug, um sie in ihren Stuhl zu setzen, jedesmal gesagt: „Will das Töchterchen nicht einmal probieren, ein wenig auf dem Boden zu stehen?“ Klara hatte dann wohl versucht, ihm den Gefallen zu tun, aber sie hatte immer gleich gesagt: „Oh, 's tut zu weh!“ und hatte sich an ihn festgeklammert; er ließ sie aber jeden Tag ein wenig länger probieren.

Ein so schöner Sommer war seit Jahren nicht auf der Alp gewesen. Jeden Tag zog die strahlende Sonne durch den wolkenlosen Himmel hin, und alle kleinen Blumen machten ihre Kelche weit auf und glühten und dufteten zu ihr empor, und am Abend warf sie ihr Purpur- und Rosenlicht auf die Felsenhörner und das Schneefeld hinüber und tauchte dann in ein golden flammendes Meer hinab. Davon erzählte das Heidi seiner Freundin Klara immer wieder, denn nur oben auf der Weide konnte man das alles so recht sehen, und von der Stelle oben am Abhange erzählte es mit besonderem Feuer, wie dort jetzt die großen Scharen der glitzernden, goldenen Weideröschen stehen und Blauglöckchen so viele, daß man meine, dort sei das Gras blau geworden, und daneben ganze Büsche von den braunen Kolbenblümchen, die so schön riechen, daß man nur auf den Boden sitzen müsse zu ihnen und gar nicht mehr fort wolle.

Eben jetzt, unter den Tannen sitzend, hatte das Heidi aufs neue von den Blumen dort oben und der Abendsonne und den leuchtenden Felsen erzählt, und dabei war ein solches Verlangen in ihm aufgestiegen, wieder einmal dorthin zu kommen, daß es mit einemmal aufsprang und davonrannte, dem Großvater zu, der im Schopf auf seinem Schnitzstuhl saß.

„O Großvater", rief es schon von weitem hinüber, „kommst du morgen mit uns auf die Weide? Oh, jetzt ist es so schön dort oben!"

„Es bleibt dabei", sagte der Großvater zustimmend, „aber dann muß mir das Töchterchen auch einen Gefallen tun: Es muß mir heut abend das Stehen noch einmal recht probieren."

Frohlockend kam das Heidi mit seiner Nachricht zu Klara zurück, und diese versprach gleich, sovielmal versuchen zu wollen, auf ihren Füßen zu stehen, als der Großvater nur wolle, denn sie freute sich ganz ungeheuer, diese Reise nach der schönen Geißenweide hinauf zu machen. Das Heidi war so voller Jubel, daß es gleich dem Peter entgegenrief, sobald es ihn am Abend beim Herunterkommen erblickte:

„Peter! Peter! Morgen kommen wir auch mit und bleiben den ganzen Tag dort oben."

Als Antwort brummte der Peter wie ein gereizter Bär und schlug mit Wut nach dem unschuldigen Distelfink, der neben ihm trabte. Aber der flinke Distelfink hatte die Bewegung zur rechten Zeit wahrgenommen. Er machte einen hohen Satz über das Schneehöppli weg, und der Hieb sauste in die Luft hinaus.

Klara und Heidi bestiegen heute voll herrlicher Erwartungen ihre zwei schönen Betten, und so erfüllt waren sie von ihren Plänen für morgen, daß sie beschlossen, die ganze Nacht wach zu bleiben und immerfort davon zu sprechen, bis sie wieder aufstehen durften. Kaum lagen sie aber auf ihren guten Kissen, so hörten die Gespräche plötzlich auf, und Klara sah im Traume ein großes, großes Feld vor sich, das war ganz himmelblau anzusehen, so dicht besät war es von lauter Glockenblumen; und das

Heidi hörte den Raubvogel oben in den Höhen, wie er herunterschrie: „Kommt! Kommt! Kommt!"

Es geschieht, was keiner erwartet hat

In aller Frühe trat der Öhi am andern Morgen aus der Hütte und schaute ringsum, wie der Tag sich gestalten wolle. Auf den hohen Bergspitzen lag ein rötlich-goldener Schein; ein frischer Wind fing an, die Äste der Tannen hin und her zu wiegen; die Sonne wollte kommen.

Eine Weile noch stand der Alte und schaute andächtig zu, wie nach den hohen Berggipfeln die grünen Hügel golden zu schimmern begannen und dann aus dem Tale leise die dunkeln Schatten wichen und ein rosiges Licht hineinfloß und nun Höhen und Tiefen im Morgengolde erglänzten; die Sonne war gekommen.

Jetzt holte der Öhi den Rollstuhl aus dem Schopf heraus, stellte ihn, zur Reise gerüstet, vor die Hütte hin und trat dann hinein, um den Kindern zu sagen, wie schön der Morgen erwacht sei, und sie herauszuholen.

Eben jetzt kam der Peter herangestiegen. Seine Geißen kamen nicht zutraulich wie gewohnt an seiner Seite und nahe vor und hinter ihm den Berg herauf; sie schossen scheu umher, dahin und dorthin, denn der Peter hieb alle Augenblicke ohne jede Veranlassung um sich wie ein Wütender, und wo er traf, tat es nicht wohl. Der Peter war auf dem höchsten Punkt des Zornes und der Erbitterung angelangt. Seit Wochen hatte er nie mehr das Heidi für sich gehabt, so wie er's gewohnt war. Kam er am Morgen von unten herauf, so wurde schon immer das fremde Kind in seinem Stuhle herausgetragen, und das Heidi gab sich mit ihm ab. Kam er am Abend von oben herunter, so stand noch der Rollstuhl mit seiner Inhaberin unter den Tannen, und das Heidi machte sich mit ihr zu schaffen. Nie war es noch zur Weide hinaufgekommen den ganzen Sommer, und nun heute wollte es kommen, aber mitsamt dem Stuhle und der Fremden darin und wollte die ganze Zeit nur mit dieser sich abgeben. Das sah der Peter voraus, und das hatte seinen inneren Grimm auf den höchsten Punkt gebracht. Jetzt erblickte er den Stuhl, der so stolz da auf seinen Rollen stand, und schaute ihn an wie einen Feind, der ihm alles zuleide getan hatte und heute noch viel mehr tun wollte. Der Peter schaute um sich – alles war still, kein Mensch zu sehen. Wie ein Wilder stürzte er jetzt auf den Stuhl, packte ihn an und stieß ihn mit so erbitterter Gewalt dem Bergabhange zu, daß der Stuhl förmlich davonflog und augenblicklich verschwunden war.

Jetzt stürzte der Peter die Alm hinan, als hätte er selber Flügel bekommen, und er setzte kein einziges Mal ab, bis er oben zu einem großen Brombeerstrauch gelangte, hinter dem er verschwinden konnte, denn er begehrte nicht, daß der Öhi ihn erblickte. Er wollte aber doch gern sehen, was der Stuhl mache, und der Strauch auf dem Bergvorsprunge war gut gelegen. Der Peter konnte halb verborgen die Alm hinabschauen und, kam der Öhi zum Vorschein, hurtig sich ganz verstecken. So tat er, und was erschauten seine Blicke! Weit unten schon stürzte sein Feind dahin, von immer größerer Gewalt getrieben. Jetzt überschlug er sich, wieder und wieder, dann machte er einen hohen Satz, dann schlug es ihn wieder auf die Erde nieder, und überschlagend rollte er seinem Verderben entgegen.

Schon flogen da und dort die Stücke von ihm weg, Füße, Lehnen, Polsterfetzen, alles hoch in die Luft geworfen. Der Peter empfand eine so unbändige Freude an dem Anblick, daß er mit beiden Füßen zugleich in die Luft springen mußte. Er lachte laut auf, er stampfte vor Wonne, er sprang in Sätzen im Kreise herum, er kam wieder an denselben Platz und guckte den Berg hinab. Ein neues Gelächter erscholl, neue Luftsprünge; der Peter war völlig außer sich vor Vergnügen über diesen Untergang seines Feindes, denn er sah lauter gute Dinge vor sich, die nun kommen würden. Jetzt mußte die Fremde abreisen, denn sie hatte kein Mittel mehr, sich zu bewegen. Das Heidi war wieder allein und kam mit ihm auf die Weide, und am Abend und Morgen war es für ihn da, wenn er kam, und alles war wieder in der alten Ordnung. Aber der Peter bedachte nicht, wie es geht, wenn man eine böse Tat begangen hat, und was dann nachher kommt.

Jetzt kam das Heidi aus der Hütte gesprungen und rannte dem Schopf zu. Hinter ihm her kam der Großvater mit Klara auf dem Arm. Die Schopftür stand weit offen, die beiden Bretter daneben waren weggestellt, bis in den hintersten Winkel war es taghell. Das Heidi guckte hin und her, lief um die Ecke, kam wieder zurück, die ungeheuerste Verwunderung lag auf seinem Gesichte. Nun trat der Großvater heran.

„Was ist das? Hast du den Stuhl weggerollt, Heidi?" fragte er.

„Ich suche ihn ja allenthalben, Großvater, und du hast gesagt, er stehe neben der Schopftür", sagte das Kind, immer noch nach allen Seiten mit den Augen herumsuchend.

Der Wind war unterdessen stärker geworden; eben klapperte er an der Schopftür herum und warf sie auf einmal krachend gegen die Wand zurück.

„Großvater, der Wind hat's gemacht", rief das Heidi, und seine Augen blitzten auf bei der Entdeckung. „Oh, wenn er den Stuhl bis ins Dörfli hinabgejagt hätte, dann bekäme man ihn erst viel zu spät wieder, und wir könnten gar nicht gehen."

„Wenn er dort hinuntergerollt ist, so kommt er gar nicht mehr zurück, dann ist er in hundert Stücken", sagte der Großvater, um die Ecke tretend und den Berg hinabschauend. „Aber kurios ist's doch zugegangen", setzte er hinzu, indem er auf das Stück zurücksah, das der Stuhl erst um die Ecke der Hütte herum zu machen hatte.

„Oh, wie schade, jetzt können wir gar nicht gehen und vielleicht gar nie", jammerte Klara. „Nun muß ich gewiß heimgehen, wenn ich keinen Stuhl mehr habe. Oh, wie schade! Wie schade!"

Aber das Heidi schaute ganz vertrauensvoll zu seinem Großvater auf und sagte:

„Gelt, Großvater, du kannst schon etwas erfinden, daß es nicht so geht, wie die Klara meint, und daß sie nicht auf einmal heim muß?"

„Jetzt gehen wir für diesmal auf die Weide, wie wir uns vorgenommen haben; dann wollen wir sehen, was weiter kommt", sagte der Großvater. Die Kinder jubelten.

Er trat nun wieder in die Hütte zurück, holte einen guten Teil der Tücher heraus, legte sie auf den sonnigsten Platz an die Hütte hin und setzte Klara darauf. Dann holte er den Kindern ihre Morgenmilch und führte Schwänli und Bärli vor den Stall hinaus.

„Warum der nur so lange nicht von da unten heraufkommt", sagte der Öhi vor sich hin, denn Peters Morgenpfiff war ja noch gar nicht ertönt.

Jetzt nahm der Großvater Klara wieder auf den einen Arm, die Tücher auf den andern.

„So, nun vorwärts!" sagte er vorangehend; „die Geißen kommen mit uns."

Das war dem Heidi eben recht. Einen Arm um Schwänlis und einen um Bärlis Hals gelegt, wanderte das Heidi hinter dem Großvater her, und die Geißen hatten solche Freude, einmal wieder mit dem Heidi auszuziehen, daß sie es fast zusammendrückten zwischen sich vor lauter Zärtlichkeit.

Oben auf dem Weideplatze angelangt, sahen die Kommenden mit einemmal da und dort an den Abhängen die friedlich grasenden Geißen in Gruppen stehen und mittendrin den Peter, der Länge nach auf dem Boden liegend.

„Ein andermal will ich dir das Vorbeigehen vertreiben, Schlafpelz, was heißt das?" rief ihm der Öhi zu.

Der Peter war bei dem Ton der bekannten Stimme aufgeschossen.

„War noch niemand auf", gab er zurück.

„Hast du etwas von dem Stuhl gesehen?" frug der Öhi wieder.

„Von welchem?" rief der Peter störrisch zurück.

Der Öhi sagte nichts mehr. Er breitete seine Tücher an den sonnigen Abhang hin, setzte Klara darauf und wollte wissen, ob's ihr so bequem sei.

„So bequem wie im Stuhl“, sagte sie dankend, „und am schönsten Platz bin ich da. Da ist's so schön, Heidi, so schön!“ rief sie, rings um sich blickend, aus.

Der Großvater schickte sich zur Rückkehr an. Er sagte, sie sollten sich's nun wohl sein lassen miteinander, und wenn die Zeit da sei, sollte Heidi das Mittagsmahl herbeiholen, das er, in den Sack verpackt, drüben in den Schatten gelegt hatte. Dann sollte der Peter ihnen Milch dazu geben, soviel sie trinken wollten, aber das Heidi sollte gut aufpassen, daß er sie vom Schwänli nehme. Gegen Abend wollte der Großvater wiederkommen; jetzt wollte er vor allem dem Stuhle nachgehen und sehen, was aus ihm geworden sei.

Der Himmel war dunkelblau, und um und um war nicht ein einziges Wölkchen zu sehen. Auf dem großen Schneefelde drüben blitzte es wie von tausend und tausend Gold- und Silbersternen. Die grauen Felsenhörner standen hoch und fest an ihrem Platze, wie vor alter Zeit, und schauten ernsthaft ins Tal hinab. Der große Vogel wiegte sich oben im Blau, und über die Höhen strich der Bergwind hin und wehte kühl rings um die sonnige Alp. Den Kindern war es unbeschreiblich wohl. Von Zeit zu Zeit kam ein Geißlein heran und ließ sich ein wenig nieder bei ihnen; am häufigsten kam das zärtliche Schneehöppli und legte sein Köpfchen an das Heidi heran und wäre da wohl gar nicht mehr weggegangen, hätte es nicht ein anderes von der Herde wieder vertrieben. So lernte Klara jetzt eine um die andere von den Geißen so nahe kennen, daß sie niemals mehr eine mit der andern verwechselte, denn jede hatte ja auch ein ganz besonderes Gesicht und ihre eigene Art.

Sie wurden jetzt auch so zutraulich zu Klara, daß sie ihr ganz nahe kamen und ihre Köpfe an ihren Schultern rieben; das war immer das Zeichen ihrer nahen Bekanntschaft und Zuneigung.

So waren schon einige Stunden vergangen; da kam es dem Heidi in den Sinn, wenn es doch einmal hinübergehen könnte an den Platz, wo die vielen Blumen waren, und sehen, ob sie auch alle offenstehen und so schön seien wie vor dem Jahr. Erst am Abend, wenn der Großvater wiederkam, konnte man auch mit Klara hinübergehen, und dann machten die Blumen vielleicht schon wieder die Augen zu. Das Verlangen stieg immer höher im Heidi, es konnte nicht mehr widerstehen.

Ein wenig zaghaft fragte es: „Wirst du nicht böse, Klara, wenn ich geschwind von dir fortlaufe und du allein sein mußt? Ich möchte so gern sehen, wie die Blumen sind. Aber warte..." Dem Heidi war ein Gedanke gekommen. Es sprang auf die Seite und riß ein paar schöne Büschel von den grünen Kräutern aus. Dann nahm es das Schneehöppli um den Hals, das ihm gleich zugelaufen war, und führte es der Klara zu.

„So, jetzt mußt du doch nicht allein sein", sagte das Heidi, indem es auf seinen Platz neben Klara das Schneehöppli ein wenig hindrückte, was das Geißlein gleich gut verstand und sich niederlegte. Dann warf Heidi seine Blätter der Klara in den Schoß, und diese sagte erfreut, das Heidi solle jetzt nur gehen und die Blumen recht ansehen, sie wolle gern allein mit dem Geißlein bleiben; das hatte sie ja noch gar nie erlebt. Das Heidi rannte fort, und Klara fing nun an, Blättchen für Blättchen dem Schneehöppli hinzuhalten, und dieses wurde so zutraulich, daß es sich ganz an seine neue Freundin anschmiegte und die Blättchen ihr langsam aus den Fingern fraß. Man konnte auch gut sehen, wie wohl es ihm war, daß es da so ruhig und friedlich in gutem Schutze liegen durfte, denn draußen bei der Herde hatte es immer viele Verfolgungen auszustehen von den großen und starken Geißen. Der Klara kam es so köstlich vor, so ganz allein auf einem Berge zu sitzen, nur mit einem zutraulichen Geißlein, das ganz hilfsbedürftig zu ihr aufsah. Ein großer Wunsch stieg auf in ihr, auch einmal ihr eigener Herr zu sein und einem andern helfen zu können und nicht nur immer sich von allen anderen helfen lassen zu müssen. Und es kamen der Klara jetzt so viele Gedanken, die sie gar nie gehabt hatte, und eine unbekannte Lust, fortzuleben in dem schönen Sonnenschein und etwas zu tun, mit dem sie jemand erfreuen konnte, wie sie jetzt das Schneehöppli erfreute. Eine ganz neue Freude kam ihr ins Herz, so als ob alles, was sie wußte und kannte, auf einmal viel schöner und anders sein könnte, als sie es bis jetzt gesehen hatte, und es wurde ihr so schön und wohl zumute, daß sie das Geißlein um den Hals nehmen und ausrufen mußte: „O Schneehöppli, wie schön ist es hier oben; wenn ich nur immer da bei euch bleiben könnte!“

Das Heidi war unterdessen an dem Blumenplatze angekommen. Es stieß einen Freudenschrei aus. Von leuchtendem Golde bedeckt lag die ganze Halde da. Das waren die schimmernden Ziströschen. Dichte, dunkelblaue Büsche von Glockenblumen wiegten sich darüber, und ein so starker gewürziger Duft wogte um die sonnige Halde, als wären die köstlichsten Balsamschalen da oben ausgeschüttet worden. Der ganze Wohlgeruch kam aber von den kleinen braunen Kolbenblümchen her, die ihre runden Köpfchen da und dort bescheiden zwischen den Goldkelchen emporstreckten. Das Heidi stand und schaute und zog den süßen Duft in langen Zügen ein. Auf einmal kehrte es um und kam außer Atem vor Erregung zu Klara zurück.

„Oh, du mußt gewiß kommen“, rief es ihr schon von weitem zu. „Sie sind so schön, und alles ist so schön, und am Abend ist es vielleicht nicht mehr so. Ich kann dich vielleicht tragen, meinst du nicht?“

Klara schaute das erregte Heidi mit Verwunderung an; sie schüttelte aber den Kopf.

„Nein, nein, was denkst du, Heidi; du bist ja viel kleiner als ich. Oh, wenn ich nur gehen könnte!“

Jetzt schaute das Heidi suchend um sich, es mußte etwas Neues im Sinne haben. Dort oben, wo der Peter vorher auf dem Boden gelegen hatte, saß er jetzt und starrte auf die Kinder herunter. So hatte er schon seit Stunden gesessen und immerzu herabgestarrt, so als könne er nicht fassen, was er vor sich sah. Er hatte den feindlichen Stuhl zerstört, damit alles aufhören und die Fremde sich gar nicht mehr bewegen könne, und eine kurze Weile nachher erschien sie da oben und saß vor ihm auf dem Boden neben dem Heidi. Das konnte ja nicht sein, und doch war es immer noch so, er konnte hinsehen, wann er wollte.

Jetzt schaute das Heidi zu ihm auf.

„Komm hier herunter, Peter!“ rief es sehr bestimmt.

„Komme nicht", rief er zurück.

„Doch, du mußt; komm, ich kann es nicht allein machen, du mußt mir helfen; komm schnell!" drängte das Heidi.

„Komme nicht", ertönte es wieder.

Jetzt sprang das Heidi eine kleine Strecke den Berg hinan, dem Angeredeten entgegen.

Da stand es mit flammenden Augen und rief hinauf:

„Peter, wenn du nicht auf der Stelle kommst, so will ich dir auch etwas machen, das du dann gewiß nicht gern hast; das kannst du glauben!"

Diese Worte gaben dem Peter einen Stich, und eine große Angst packte ihn an. Er hatte etwas Böses getan, das kein Mensch wissen sollte. Bis jetzt hatte es ihn gefreut, aber nun redete das Heidi, wie wenn es alles wüßte, und was es wußte, sagte es alles seinem Großvater, und vor dem fürchtete der Peter sich ja wie vor keinem andern. Wenn er nun vernähme, was mit dem Stuhl vorgegangen war! Den Peter würgte die Angst immer ärger. Er stand auf und kam dem wartenden Heidi entgegen.

„Ich komme, aber dann mußt du das nicht machen", sagte er, so zahm vor Furcht, daß das Heidi ganz mitleidig wurde.

„Nein, nein, das tu ich nun schon nicht", versicherte es. „Komm jetzt nur mit mir, es ist nichts zum Fürchten, was du tun mußt."

Bei Klara angelangt, ordnete nun das Heidi an, auf der einen Seite sollte der Peter, auf der andern wollte es selbst Klara fest unter den Arm fassen und aufheben. Das ging nun ziemlich gut, aber jetzt kam das Schwierigere. Klara konnte ja nicht stehen, wie sollte man sie nun festhalten und vorwärts bringen? Das Heidi war zu klein, um ihr mit seinem Arm eine Stütze zu bieten.

„Du mußt mich jetzt um den Hals nehmen, ganz fest, so. Und den Peter mußt du am Arm nehmen und ganz fest darauf drücken, dann können wir dich tragen."

Aber der Peter hatte noch nie jemandem den Arm gegeben. Klara umfaßte diesen wohl, der Peter aber hielt ihn ganz steif am Leibe herunter wie einen langen Stecken.

„So macht man es nicht, Peter", sagte das Heidi sehr bestimmt. „Du mußt mit dem Arm einen Ring machen, und dann muß die Klara mit dem ihrigen durchfahren, und dann muß sie ganz fest aufdrücken, und du mußt um keinen Preis nachgeben, dann kommen wir schon vorwärts."

Das wurde nun so ausgeführt. Man kam aber nicht gut vorwärts. Klara war nicht so leicht, und das Gespann zu ungleich in der Größe. Auf der einen Seite ging es herab und auf der andern hinauf, das gab eine ziemliche Unsicherheit in den Stützen.

Klara probierte es abwechselnd ein wenig mit den eigenen Füßen, zog aber einen nach dem andern immer bald wieder zurück.

„Stampf einmal recht herunter", schlug das Heidi vor, „dann tut es dir gewiß nachher weniger weh."

„Meinst du?" sagte Klara zaghaft.

Sie gehorchte aber und wagte einen festen Schritt auf den Boden und dann mit dem zweiten Fuß; sie schrie aber ein wenig auf dabei. Dann hob sie den einen wieder und setzte ihn leiser hin.

„Oh, das hat schon viel weniger weh getan", sagte sie voller Freude.

„Mach's noch einmal", drängte eifrig das Heidi. Klara tat es und dann noch einmal und noch einmal, und auf einmal schrie sie auf:

„Ich kann, Heidi! Oh, ich kann! Sieh! Sieh! Ich kann Schritte machen, einen nach dem andern."

Jetzt jauchzte das Heidi noch viel mehr auf.

„Oh! Oh! Kannst du gewiß selbst Schritte machen? Kannst du jetzt gehen? Kannst du gewiß selbst gehen? Oh, wenn nur der Großvater käme! Jetzt kannst du selbst gehen, Klara, jetzt kannst du gehen!" rief es ein Mal ums andere in jubelnder Freude aus.

Klara hielt sich wohl fest an auf beiden Seiten, aber mit jedem Schritt wurde sie ein wenig sicherer, das konnten alle drei empfinden. Das Heidi kam ganz außer sich vor Freude.

„Oh, nun können wir alle Tage miteinander auf die Weide gehen und auf der Alp herum, wo wir wollen“, rief es wieder aus, „und du kannst dein Lebtag gehen, wie ich, und mußt nie mehr im Stuhl gestoßen werden und wirst gesund. Oh, das ist die größte Freude, die wir haben können!“

Klara stimmte mit dem ganzen Herzen ein. Gewiß kannte sie gar kein größeres Glück auf der Welt, als auch einmal gesund zu sein und herumgehen zu können wie die anderen Menschen und nicht mehr elend die ganzen Tage lang in den Krankensessel gebannt zu sein.

Es war nicht weit zu der Blumenhalde hinüber. Dort sah man schon das Glitzern der Goldröschen in der Sonne. Jetzt waren sie bei den Büschen der blauen Glockenblumen angekommen, wo zwischendurch der sonnige Boden so einladend aussah.

„Können wir nicht hier niedersetzen?“ fragte Klara.

Das war ganz nach Heidis Wunsch, und mitten in die Blumen hinein setzten sich die Kinder, Klara zum erstenmal, auf den trockenen, warmen Alpenboden hin; das gefiel ihr unbeschreiblich wohl. Und nun rings um sie die wiegenden blauen Glockenblumen, die schimmernden Goldröschen, das rote Tausendgüldenkraut und um und um der süße Duft der braunen Kolbenblümchen, der würzigen Prünellen. Alles war so schön! So schön!

Auch das Heidi neben ihr meinte, so schön sei es noch nie gewesen da oben, und es wußte gar nicht, warum es eine solche Freude im Herzen hatte, daß es nur immer hätte laut jauchzen mögen. Aber auf einmal kam es ihm dann wieder in den Sinn, daß Klara gesund geworden war; das war zu allem Schönen ringsumher noch die allergrößte Freude. Klara wurde ganz still vor Wonne und Entzücken über alles, was sie sah, und über alle die Aussichten, die ihr aufgegangen waren durch das eben Erlebte. Das große Glück hatte fast nicht Platz in ihrem Herzen, und der Sonnenglanz und Blumenduft dazu überwältigten sie mit einem Wonnegefühl, das sie völlig verstummen machte.

Auch der Peter lag still und regungslos mitten in dem Blumenfelde, denn er war fest eingeschlafen.

Leise und lieblich wehte hier der Wind hinter den schützenden Felsen hervor und säuselte oben in den Büschen. Von Zeit zu Zeit mußte das Heidi wieder aufstehen und dahin laufen und dorthin, denn es war immer irgendwo noch schöner, die Blumen noch dichter, der Wohlgeruch noch stärker, weil ihn da der Wind hin und her wehte; überall mußte es wieder hinsetzen.

So vergingen die Stunden.

Die Sonne war längst über den Mittag hinaus, als ein Trüppchen der Geißen ganz ernsthaft auf die Blumenhalde zugeschritten kam. Es war nicht ihr Weideplatz, sie wurden nie dahin geführt, denn es gefiel ihnen nicht, in den Blumen zu grasen. Sie sahen aus wie eine Gesandtschaft, der Distelfink voran. Die Geißen waren sichtlich ausgegangen, ihre Gesellschafter zu suchen, die sie so lange im Stich gelassen hatten und über alle Ordnung hinaus fortgeblieben waren, denn die Geißen kannten ihre Zeit wohl. Als der Distelfink die drei Vermißten in dem Blumenfelde entdeckte, stieß er ein überlautes Meckern aus, und auf der Stelle stimmte der ganze Chor ein, und fortmeckernd kamen sie alle dahergetrabt. Jetzt erwachte der Peter. Er mußte sich aber stark die Augen reiben, denn es hatte ihm geträumt, der Rollstuhl stehe wieder schön rot gepolstert und unversehrt vor der Hütte, und noch im Erwachen hatte er die goldenen Nägel um das Polster herum in der Sonne blitzen gesehen, aber jetzt entdeckte er, daß es nur die gelben Glitzerblümchen auf dem Boden gewesen waren. Jetzt kam dem Peter die Angst zurück, die er beim Anblick des unbeschädigten Stuhles ganz verloren hatte. Wenn auch das Heidi versprochen hatte, nichts zu machen, so war doch nun die Furcht im Peter lebendig geworden, die Sache könnte auch sonst noch auskommen. Er ließ sich jetzt ganz zahm und willig zum Führer machen und tat alles perfekt so, wie das Heidi es haben wollte.

Als nun wieder alle drei auf dem Weideplatz angekommen waren, holte das Heidi hurtig seinen vollen Speisesack herbei und schickte sich an, sein Versprechen zu lösen, denn auf den Inhalt des Sackes hatte seine Drohung sich bezogen. Es hatte wohl bemerkt am Morgen, wieviel gute Sachen der Großvater da hineinpackte, und mit Freuden hatte es vorausgesehen, daß dem Peter davon ein guter Teil zufallen werde. Als er dann aber so störrig war, wollte es ihm zu verstehen geben, daß er nichts bekomme, was der Peter aber anders gedeutet hatte. Nun holte das Heidi Stück für Stück aus seinem Sack heraus und machte drei Häufchen davon, die wurden so hoch, daß es voller Befriedigung vor sich hinsagte: „Dann bekommt er noch alles, was wir zuviel haben."

Jetzt trug es jedem sein Häufchen zu, und mit dem seinigen setzte es sich neben Klara hin, und die Kinder ließen sich's wohl schmecken nach der großen Anstrengung.

Es ging aber, wie das Heidi vorausgesehen hatte: Als sie beide völlig satt waren, blieb noch so viel übrig, daß dem Peter noch einmal ein Häufchen, so groß wie das erste, zugeschoben werden konnte. Er aß still und beharrlich alles auf und dann noch die Krumen, aber er vollzog sein Werk nicht mit der gewohnten Befriedigung. Dem Peter lag etwas auf dem Magen, das nagte und würgte ihn und klemmte ihm jeden Bissen zusammen.

Die Kinder waren so spät zu ihrer Mahlzeit gekommen, daß schon gleich nachher der Großvater zu sehen war, der die Alm hinanstieg, um sie abzuholen. Das Heidi stürzte ihm entgegen; es mußte ihm zuerst sagen, was sich ereignet hatte. Es war indes so erregt von seiner beglückenden Nachricht, daß es die Worte fast nicht fand, sie dem Großvater mitzuteilen. Er verstand aber sogleich, was das Kind berichtete, und eine helle Freude kam auf sein Gesicht. Er beschleunigte seinen Schritt, und bei Klara angekommen, sagte er fröhlich lächelnd:

„So, haben wir's gewagt? Nun haben wir's auch gewonnen!"

Dann hob er Klara vom Boden auf, umfaßte sie mit dem linken Arm und hielt ihr seine Rechte als starke Stütze für ihre Hand hin, und Klara marschierte, mit der festen Wand im Rücken, noch viel sicherer und unerschrockener dahin, als sie vorher getan hatte.

Das Heidi hüpfte und jauchzte nebenher, und der Großvater sah aus, als sei ihm ein großes Glück widerfahren. Jetzt nahm er aber Klara mit einemmal auf seinen Arm und sagte: „Wir wollen's nicht übertreiben, es ist auch Zeit zur Heimkehr", und er machte sich gleich auf den Weg, denn er wußte, daß nun der Anstrengungen für heute genug waren und Klara der Ruhe bedurfte.

Als der Peter spät am Abend mit seinen Geißen nach dem Dörfli herunter kam, stand eine Menge von Leuten an einem Knäuel zusammen, und eins stieß das andere ein wenig weg, um besser sehen zu können, was mittendrin am Boden lag. Das mußte der Peter auch sehen; er drückte und drängte rechts und links und bohrte sich hinein.

Da, jetzt sah er's.

Auf dem Grase lag das Mittelstück vom Rollstuhl, und noch ein Teil des Rückens hing daran. Das rote Polster und die glänzenden Nägel zeugten noch davon, wie prächtig der Stuhl in seiner Vollkommenheit ausgesehen hatte.

„Ich war dabei, als sie ihn hinauftrugen", sagte der Bäcker, der neben dem Peter stand; „wenigstens 500 Franken war er wert, das wett ich mit jedem. Es nimmt mich nur wunder, wie es zugegangen ist."

„Der Wind kann ihn heruntergejagt haben, das hat der Öhi selbst gesagt", bemerkte die Barbel, die nicht genug das schöne rote Zeug bewundern konnte.

„Es ist gut, daß es kein anderer ist, der's getan hat", sagte der Bäcker wieder; „dem ging's schön! Wenn es der Herr in Frankfurt vernimmt, wird er schon untersuchen lassen, wie's zugegangen ist. Ich für mich bin froh, daß ich seit zwei Jahren nie mehr auf der Alm war; der Verdacht kann auf jeden fallen, der um die Zeit dort oben gesehen wurde."

Es wurden noch viele Meinungen ausgesprochen, aber der Peter hatte genug gehört. Er kroch ganz zahm und sachte aus dem Knäuel heraus und lief aus allen Kräften den Berg hinauf, so als wäre einer hinter ihm drein, der ihn packen wollte. Die Worte des Bäckers hatten ihm eine furchtbare Angst eingejagt. Er wußte ja jetzt, daß jeden Augenblick ein Polizeidiener aus Frankfurt ankommen konnte, der die Sache untersuchen mußte, und dann konnte es doch rauskommen, daß er es getan hatte, und dann würden sie ihn packen und nach Frankfurt ins Zuchthaus schleppen. Das sah der Peter vor sich, und seine Haare sträubten sich vor Schrecken.

Ganz verstört kam er daheim an. Er gab keine Antwort, auf gar nichts, er wollte seine Kartoffeln nicht essen; eilends kroch er in sein Bett hinein und stöhnte.

„Der Peterli hat wieder Sauerampfer gegessen, er hat's im Magen, daß er so ächzen muß", meinte die Mutter Brigitte.

„Du mußt ihm ein wenig mehr Brot mitgeben, gib ihm morgen noch ein Stücklein von dem meinen", sagte die Großmutter mitleidig.

Als die Kinder heute von ihren Betten in den Sternenschein hinausschauten, sagte das Heidi:

„Hast du nicht heut den ganzen Tag denken müssen, wie gut es doch ist, daß der liebe Gott nicht nachgibt, wenn wir noch so furchtbar stark beten um etwas, wenn er etwas viel Besseres weiß?"

„Warum sagst du das jetzt auf einmal, Heidi?" fragte Klara.

„Weißt du, weil ich in Frankfurt so stark gebetet habe, daß ich doch auf der Stelle heimgehen könne, und weil ich das immer nicht konnte, habe ich gedacht, der liebe Gott habe nicht zugehört. Aber weißt du, wenn ich so bald fortgelaufen wäre, so wärest du nie gekommen, und du wärest nicht gesund geworden auf der Alp."

Klara war ganz nachdenklich geworden. „Aber, Heidi", fing sie nun wieder an, „dann müßten wir ja um gar nichts beten, weil der liebe Gott ja schon immer etwas viel Besseres im Sinn hat, als wir wissen und wir von ihm erbitten wollen."

„Ja, ja, Klara, meinst du, es gehe dann nur so?" eiferte jetzt das Heidi. „Alle Tage muß man zum lieben Gott beten und um alles, alles, denn er muß doch hören, daß wir es nicht vergessen, daß wir alles von ihm bekommen. Und wenn wir den lieben Gott vergessen wollen, so vergißt er uns auch, das hat die Großmama gesagt. Aber weißt du, wenn wir dann nicht bekommen, was wir gern hätten, dann müssen wir nicht denken, der liebe Gott hat nicht zugehört, und ganz aufhören zu beten, sondern dann müssen wir so beten: Jetzt weiß ich schon, lieber Gott, daß du etwas Besseres im Sinn hast, und jetzt will ich nur froh sein, daß du es so gut machen willst."

„Wie ist dir das alles so in den Sinn gekommen, Heidi?" fragte Klara.

„Die Großmama hat mir's zuerst erklärt, und dann ist es auch so gekommen, und dann hab ich's gewußt. Aber ich meine auch, Klara", fuhr das Heidi fort, indem es sich aufsetzte, „heute müssen wir gewiß dem lieben Gott noch recht danken, daß er das große Glück geschickt hat, daß du jetzt gehen kannst."

„Ja gewiß, Heidi, du hast recht, und ich bin froh, daß du mich noch erinnerst; vor lauter Freude hätte ich es fast vergessen."

Jetzt beteten die Kinder noch und dankten dem lieben Gott jedes in seiner Weise für das herrliche Gut, das er der so lange krank gewesenen Klara geschenkt hatte.

Am andern Morgen meinte der Großvater, nun könnte man einmal an die Frau Großmama schreiben, ob sie nicht jetzt nach der Alp kommen wolle, es wäre da etwas Neues zu sehen. Aber die Kinder hatten einen andern Plan gemacht. Sie wollten der Großmama eine große Überraschung bereiten. Erst sollte Klara das Gehen noch besser lernen, so daß sie, allein auf das Heidi gestützt, einen kleinen Gang machen könnte; von allem aber müßte die Großmama keine Ahnung haben. Nun wurde der Großvater beraten, wie lange das noch währen könnte, und da er meinte, kaum acht Tage, so wurde im nächsten Briefe die Großmama dringend eingeladen, um diese Zeit auf die Alp zu kommen; von etwas Neuem wurde ihr aber kein Wort berichtet.

Die Tage, die nun folgten, waren noch von den allerschönsten, welche Klara auf der Alp verlebt hatte. Jeden Morgen erwachte sie mit der lauten

Freudenstimme in ihrem Herzen: „Ich bin gesund! Ich bin gesund! Ich muß nicht mehr im Rollstuhl sitzen, ich kann selbst umhergehen wie die anderen Menschen!“

Dann folgte das Umhergehen, und jeden Tag ging es leichter und besser, und immer längere Gänge konnten gemacht werden. Die Bewegung brachte dann einen solchen Appetit mit sich, daß der Großvater seine dicken Butterschnitten täglich ein wenig größer machte und mit Wohlgefallen sah, wie sie verschwanden. Er brachte jetzt auch immer einen großen Topf voll von der schäumenden Milch herbei und füllte Schüsselchen um Schüsselchen. So kam das Ende der Woche heran und damit der Tag, der die Großmama bringen sollte!

Es wird Abschied genommen, aber auf Wiedersehen

Die Großmama hatte einen Tag vor ihrer Ankunft noch einen Brief nach der Alp hinauf geschrieben, damit sie oben bestimmt wüßten, daß sie komme. Diesen Brief brachte am andern Tage der Peter in der Frühe mit sich, als er auf die Weide zog. Schon war der Großvater mit den Kindern aus der Hütte getreten, und auch Schwänli und Bärli standen beide draußen und schüttelten lustig ihre Köpfe in der frischen Morgenluft, während die Kinder sie streichelten und ihnen glückliche Reise wünschten zu ihrer Bergfahrt. Behaglich stand der Öhi dabei und schaute bald auf die frischen Gesichter der Kinder, bald auf seine sauber glänzenden Geißen nieder. Beides mußte ihm gefallen, denn er lächelte vergnüglich.

Jetzt kam der Peter heran. Als er die Gruppe gewahr wurde, näherte er sich langsam, streckte den Brief dem Öhi entgegen, und sobald dieser ihn erfaßt hatte, sprang er scheu zurück, so als ob ihn etwas erschreckt habe, und dann guckte er schnell hinter sich, gerade als ob von hinten ihn auch noch etwas hätte erschrecken wollen; dann machte er einen Sprung und lief davon, den Berg hinauf.

„Großvater“, sagte das Heidi, das dem Vorgang verwundert zugeschaut hatte, „warum tut der Peter jetzt immer wie der große Türk, wenn der eine Rute hinter sich merkt; dann scheut er mit dem Kopf und schüttelt ihn nach allen Seiten und macht auf einmal Sprünge in die Luft hinauf.“

„Vielleicht merkt der Peter auch eine Rute hinter sich, die er verdient“, antwortete der Großvater.

Nur die erste Halde hinauf lief der Peter so in einem Zuge davon; sobald man ihn von unten nicht mehr sehen konnte, kam es anders. Da stand er still und drehte scheu den Kopf nach allen Seiten. Plötzlich tat er einen Sprung und schaute hinter sich, so erschreckt, als habe ihn eben einer im Genick gepackt. Hinter jedem Busch hervor, aus jeder Hecke heraus meinte jetzt der Peter den Polizeidiener aus Frankfurt auf sich losstürzen zu sehen. Je länger aber diese gespannte Erwartung dauerte, je schreckhafter wurde es dem Peter zumute, er hatte keinen ruhigen Augenblick mehr.

Nun mußte das Heidi seine Hütte aufräumen, denn die Großmama sollte doch alles in guter Ordnung finden, wenn sie kam. Klara fand dieses geschäftige Treiben Heidis in allen Ecken der Hütte herum immer so kurzweilig, daß sie mit Vorliebe dieser Tätigkeit zuschaute.

So vergingen die frühen Morgenstunden den Kindern unversehens, und schon konnte man der Ankunft der Großmama entgegensehen.

Jetzt kamen die Kinder bereit und zum Empfange gerüstet wieder heraus und setzten sich nebeneinander auf die Bank vor die Hütte, in voller Erwartung auf die kommenden Ereignisse.

Auch der Großvater trat jetzt wieder zu ihnen. Er hatte einen Gang gemacht und hatte einen großen Strauß dunkelblauer Enzianen mitgebracht, die leuchteten so schön in der hellen Morgensonne, daß die Kinder aufjauchzten bei dem Anblick. Der Großvater trug sie in die Hütte hinein. Von Zeit zu Zeit sprang das Heidi von der Bank, um auszuspähen, ob von dem Zuge der Großmama noch nichts zu entdecken sei.

Aber jetzt: Da kam es von unten herauf, gerade so, wie das Heidi es erwartet hatte. Voran stieg der Führer, dann kam das weiße Roß und die Großmama darauf, und zuletzt kam der Träger mit dem hohen Reff, denn ohne reichlich Schutzmittel zog die Großmama nun einmal nicht auf die Alp.

Näher und näher kam der Zug. Jetzt war die Höhe erreicht; die Großmama erblickte die Kinder von ihrem Pferde herunter.

„Was ist denn das? Was seh ich, Klärchen? Du sitzest nicht in deinem Sessel! Wie ist das möglich?“ rief sie erschrocken aus und stieg nun eilig herunter. Bevor sie aber noch bei den Kindern angekommen war, schlug sie die Hände zusammen und rief in der höchsten Aufregung:

„Klärchen, bist du's, oder bist du's nicht? Du hast ja rote Wangen, kugelrunde! Kind! Ich kenne dich nicht mehr!“ Jetzt wollte die Großmama auf Klara losstürzen. Aber unversehens war das Heidi von der Bank geglitten, Klara hatte sich schnell auf seine Schultern gestützt, und fort wanderten die Kinder, ganz gelassen einen kleinen Spaziergang machend. Die Großmama war plötzlich stillgestanden, erst vor Schrecken, sie meinte nicht anders, als das Heidi stelle eben etwas Unerhörtes an.

Aber was sah sie vor sich!

Aufrecht und sicher ging Klara neben dem Heidi her; jetzt kamen sie wieder zurück, beide mit strahlenden Gesichtern, beide mit rosenroten Backen.

Jetzt stürzte die Großmama ihnen entgegen. Lachend und weinend umarmte sie ihr Klärchen, dann das Heidi, dann wieder Klara. Vor Freude fand die Großmama gar keine Worte.

Auf einmal fiel ihr Blick auf den Öhi, der bei der Bank stand und mit behaglichem Lächeln nach den dreien herüberschaute. Jetzt faßte die Großmama Klaras Arm in den ihrigen und wanderte mit ihr unter immerwährenden Ausrufungen des Entzückens, daß es ja wirklich so sei, daß sie umherwandern könne mit dem Kinde, der Bank zu. Hier ließ sie Klara los und ergriff den Alten bei beiden Händen.

„Mein lieber Öhi! Mein lieber Öhi! Was haben wir Ihnen zu danken! Es ist Ihr Werk! Es ist Ihre Sorge und Pflege…"

„Und unseres Herrgotts Sonnenschein und Almluft", fiel der Öhi lächelnd ein.

„Ja, und Schwänlis gute, schöne Milch gewiß auch", rief nun Klara ihrerseits. „Großmama, du solltest nur wissen, wie ich die Geißenmilch trinken kann und wie gut sie ist!"

„Ja, das kann ich an deinen Backen sehen, Klärchen", sagte jetzt die Großmama lachend. „Nein, dich kennt man nicht mehr; rund, breit bist du ja geworden, wie ich nie geahnt, daß du je werden könntest, und groß bist du, Klärchen! Nein, ist es denn auch wahr? Ich kann dich ja nicht genug ansehen! Aber nun muß auf der Stelle telegrafiert werden an meinen Sohn in Paris, er muß sogleich kommen. Ich sag ihm nicht, warum, das ist die größte Freude seines Lebens. Mein lieber Öhi, wie machen wir das? Sie haben wohl die Männer schon entlassen?"

„Die sind fort", antwortete er, „aber wenn's der Frau Großmama pressiert, so läßt man den Geißenhüter herunterkommen, der hat Zeit."

Die Großmama bestand darauf, sofort ihrem Sohne eine Depesche zu schicken, denn dieses Glück sollte ihm keinen Tag vorenthalten bleiben.

Nun ging der Öhi ein wenig auf die Seite, und hier tat er einen so durchdringenden Pfiff durch seine Finger, daß es hoch oben von den Felsen zurückpfiff, so weit weg hatte er das Echo geweckt. Es währte gar nicht lange, so kam der Peter heruntergerannt, er kannte den Pfiff wohl. Der Peter war kreideweiß, denn er dachte, der Almöhi rufe ihn zum Gericht. Es wurde ihm aber nur ein Papier übergeben, das die Großmama unterdessen überschrieben hatte, und der Öhi erklärte ihm, er habe das Papier sofort ins Dörfli hinunterzutragen und auf dem Postamt abzugeben, die Bezahlung werde der Öhi später selbst in Ordnung bringen, denn so viele Dinge auf einmal konnte man dem Peter nicht übertragen.

Dieser ging nun mit seinem Papier in der Hand, für diesmal wieder erleichtert, davon, denn der Öhi hatte ja nicht zum Gericht gepfiffen, es war kein Polizeidiener angekommen.

Endlich konnte man sich denn fest und ruhig zusammen um den Tisch vor der Hütte herumsetzen, und nun mußte der Großmama erzählt werden, wie von Anfang an alles sich zugetragen hatte. Wie zuerst der Großvater jeden Tag ein wenig das Stehen und dann ein Schrittchen mit Klara probiert hatte, wie dann die Reise auf die Weide gekommen war und der Wind den Rollstuhl fortgejagt hatte. Wie Klara vor Begierde nach den Blumen den ersten Gang machen konnte und so eins aus dem andern gekommen war. Aber es währte lange, bis diese Erzählung von den Kindern zu Ende gebracht wurde, denn zwischendurch mußte die Großmama immer wieder in Verwunderung und in Lob und Dank ausbrechen, und immer wieder rief sie aus: „Aber ist es denn auch möglich! Ist es denn auch wirklich kein Traum? Sind wir denn auch alle wach, und sitzen wir hier vor der Almhütte, und das Mädchen vor mir mit dem runden, frischen Gesicht ist mein altes, bleiches, kraftloses Klärchen?“

Und Klara und Heidi hatten immer neue Freude, daß ihre schön ausgedachte Überraschung so gut gelungen war bei der Großmama und immer noch fortwirkte.

Herr Sesemann hatte unterdessen seine Geschäfte in Paris beendet, und auch er hatte vor, eine Überraschung zu bereiten. Ohne ein Wort an seine Mutter zu schreiben, setzte er sich an einem der sonnigen Sommermorgen auf die Eisenbahn und fuhr in einem Zuge bis nach Basel, von wo er in aller Frühe des folgenden Tages gleich wieder aufbrach, denn es hatte ihn ein großes Verlangen ergriffen, einmal wieder sein Töchterchen zu sehen, von dem er nun den ganzen Sommer durch getrennt gewesen war. Im Bade Ragaz kam er einige Stunden nach der Abfahrt seiner Mutter an.

Die Nachricht, daß sie eben heute die Reise nach der Alp unternommen habe, kam ihm gerade recht. Sofort setzte er sich in einen Wagen und fuhr nach Maienfeld hinüber. Als er da hörte, daß er auch noch bis zum Dörfli hinauffahren könne, tat er dies, denn er dachte, die Fußpartie den Berg hinauf werde ihm immer noch lang genug werden.

Herr Sesemann hatte sich nicht getäuscht; die unausgesetzte Steigung die Alp hinan kam ihm sehr lang und beschwerlich vor. Noch immer war keine Hütte in Sicht, und er wußte doch, daß auf halbem Wege er auf die Wohnung des Geißenpeter stoßen sollte, denn oftmals hatte er die Beschreibung dieses Weges vernommen.

Es waren überall Spuren von Fußgängern zu sehen, manchmal gingen die schmalen Wege nach allen Richtungen hin. Herr Sesemann wurde unsicher, ob er auch auf dem richtigen Pfade sei oder ob vielleicht die Hütte auf einer andern Seite der Alp liege. Er sah sich um, ob kein menschliches Wesen zu entdecken sei, das er um den Weg befragen könnte. Aber es war still ringsum, weit und breit war nichts zu sehen noch zu hören. Nur der Bergwind sauste dann und wann durch die Luft, und im sonnigen Blau summten die kleinen Mücken, und ein lustiges Vögelein pfiff da und dort auf einem einsamen Lärchenbäumchen. Herr Sesemann stand eine Weile still und ließ sich die heiße Stirne vom Alpenwinde kühlen.

Jetzt kam jemand von oben heruntergelaufen; es war der Peter mit seiner Depesche in der Hand. Er lief gradaus, steil herunter, nicht auf dem Fußwege, auf dem Herr Sesemann stand. Sobald der Läufer aber nahe genug war, winkte ihm Herr Sesemann, daß er herüberkommen sollte. Zögernd und scheu kam der Peter heran, seitwärts, nicht gradaus, und so, als könne er nur mit dem einen Fuß richtig vorankommen und müsse den andern nachschleppen.

„Na, Junge, frisch heran!“ ermunterte Herr Sesemann.

„Jetzt sag mir mal, komme ich auf diesem Wege zu der Hütte hinauf, wo der alte Mann mit dem Kinde Heidi wohnt, bei dem die Leute aus Frankfurt sind?“

Ein dumpfer Ton furchtbarsten Schreckens war die Antwort, und so maßlos schoß der Peter davon, daß er kopfüber und über die steile Halde hinabstürzte und fortrollte in unwillkürlichen Purzelbäumen, immer weiter und weiter, ganz ähnlich, wie der Rollstuhl getan hatte, nur daß glücklicherweise der Peter nicht in Stücke ging, wie es bei dem Sessel der Fall gewesen war.

Nur die Depesche wurde arg zugerichtet und flog in Fetzen davon.

„Merkwürdig schüchterner Bergbewohner", sagte Herr Sesemann vor sich hin, denn er dachte nicht anders, als daß die Erscheinung eines Fremden diesen starken Eindruck auf den einfachen Alpensohn hervorgebracht habe.

Nachdem er Peters gewalttätige Talfahrt noch ein wenig betrachtet hatte, setzte Herr Sesemann seinen Weg weiter fort.

Der Peter konnte trotz aller Anstrengung keinen festen Standpunkt gewinnen, er rollte immerzu, und von Zeit zu Zeit überschlug er sich noch in besonderer Weise.

Aber das war nicht die schrecklichste Seite seines Schicksals in diesem Augenblick, viel erschrecklicher waren die Angst und das Entsetzen, die ihn erfüllten, nun er wußte, daß der Polizeidiener aus Frankfurt wirklich angekommen war. Denn er konnte nicht daran zweifeln, daß der Fremde es sei, der den Frankfurtern beim Almöhi nachgefragt hatte. Jetzt, am letzten hohen Abhange oberhalb des Dörfli, warf es den Peter an einen Busch hin, da konnte er sich endlich festklammern. Einen Augenblick blieb er noch liegen, er mußte sich erst wieder ein wenig besinnen, was mit ihm sei.

„Gut so, wieder einer!" sagte eine Stimme hart neben dem Peter. „Und wer kriegt morgen den Puff da droben, daß er herunterkommt wie ein schlechtvernähter Kartoffelsack?"

Es war der Bäcker, der so spottete. Da er da droben aus seinem heißen Tagewerk weg sich ein wenig erluften wollte, hatte er ruhig zugesehen, wie eben der Peter, dem Heranrollen des Stuhles nicht unähnlich, von oben heruntergekommen war.

Der Peter schnellte auf seine Füße. Er hatte einen neuen Schrecken. Jetzt wußte der Bäcker auch schon, daß der Stuhl einen Puff bekommen hatte. Ohne ein einziges Mal zurückzusehen, lief der Peter wieder den Berg hinauf. Am liebsten wäre er jetzt heimgegangen und in sein Bett gekrochen, daß ihn keiner mehr finden konnte, denn da fühlte er sich am sichersten. Aber er hatte ja die Geißen noch oben, und der Öhi hatte ihm noch eingeschärft, bald wiederzukommen, damit die Herde nicht zu lange allein sei. Den Öhi aber fürchtete er vor allen und hatte einen solchen Respekt vor ihm, daß er niemals gewagt hätte, ihm ungehorsam zu sein. Der Peter ächzte laut und hinkte weiter, es mußte ja sein, er mußte wieder hinauf. Aber rennen konnte er jetzt nicht mehr, die Angst und die mannigfaltigen Stöße, die er soeben erduldet hatte, konnten nicht ohne Wirkung bleiben. So ging es denn mit Hinken und Stöhnen weiter die Alm hinauf.

Herr Sesemann hatte kurz nach der Begegnung mit Peter die erste Hütte erreicht und wußte nun, daß er auf dem richtigen Wege war. Er stieg mit erneutem Mute weiter, und endlich, nach langer, mühevoller Wanderung, sah er sein Ziel vor sich. Dort oben stand die Almhütte, und oben darüber wogten die dunkeln Wipfel der alten Tannen.

Herr Sesemann ging mit Freuden an die letzte Steigung, gleich konnte er sein Kind überraschen. Aber schon war er von der Gesellschaft vor der Hütte entdeckt und erkannt worden, und für den Vater wurde vorbereitet, was er nicht ahnte.

Als er den letzten Schritt zur Höhe getan hatte, kamen ihm von der Hütte her zwei Gestalten entgegen. Es war ein großes Mädchen mit hellblonden Haaren und einem rosigen Gesichtchen, das stützte sich auf das kleinere Heidi, dem ganze Freudenblitze aus den dunklen Augen funkelten. Herr Sesemann stutzte, er stand still und starrte die Herankommenden an. Auf einmal stürzten ihm die großen Tränen aus den Augen. Was stiegen auch für Erinnerungen in seinem Herzen auf! Ganz so hatte Klaras Mutter ausgesehen, das blonde Mädchen mit den angehauchten Rosenwangen. Herr Sesemann wußte nicht, war er wachend, oder träumte er.

„Papa, kennst du mich denn gar nicht mehr?“ rief ihm jetzt Klara mit freudestrahlendem Gesicht entgegen. „Bin ich denn so verändert?“

Nun stürzte Herr Sesemann auf sein Töchterchen zu und schloß es in seine Arme.

„Ja, du bist verändert! Ist es möglich? Ist es Wirklichkeit?“

Und der überglückliche Vater trat wieder einen Schritt zurück, um noch einmal hinzusehen, ob denn das Bild nicht verschwinde vor seinen Augen.

„Bist du's, Klärchen, bist du's denn wirklich?“ mußte er ein Mal ums andere ausrufen. Dann schloß er sein Kind wieder in die Arme, und gleich nachher mußte er noch einmal sehen, ob es wirklich sein Klärchen sei, das aufrecht vor ihm stand.

Jetzt war auch die Großmama herbeigekommen, sie konnte nicht so lange warten, bis sie das glückliche Gesicht ihres Sohnes erblicken sollte.

„Na, mein lieber Sohn, was sagst du jetzt?“ rief sie ihm zu. „Die Überraschung, die du uns machst, ist recht schön; aber diejenige, die man dir bereitet hat, ist noch viel schöner, nicht?“ Und die erfreute Mutter begrüßte nun mit großer Herzlichkeit ihren lieben Sohn. „Aber jetzt, mein Lieber“, sagte sie dann, „kommst du mit mir dort hinüber, unsern Öhi zu begrüßen, der ist unser allergrößter Wohltäter.“

„Gewiß, und auch unsere Hausgenossin, unser kleines Heidi, muß ich noch begrüßen“, sagte Herr Sesemann, indem er Heidis Hand schüttelte. „Nun? Immer frisch und gesund auf der Alp? Aber man muß nicht fragen, kein Alpenröschen kann blühender aussehen. Das ist mir eine Freude, Kind, das ist mir eine große Freude!“

Auch das Heidi schaute mit leuchtender Freude zu dem freundlichen Herrn Sesemann auf. Wie gut war er immer zu ihm gewesen! Und daß er nun hier auf der Alp ein solches Glück finden sollte, das machte Heidis Herz laut schlagen vor großer Freude.

Jetzt führte die Großmama ihren Sohn zum Almöhi hinüber, und während nun die beiden Männer sich sehr herzlich die Hände schüttelten und Herr Sesemann begann, seinen tiefgefühlten Dank auszusprechen und sein unermeßliches Erstaunen darüber, wie nur dieses Wunder hatte geschehen können, da wandte sich die Großmama und ging ein wenig nach der andern Seite hinüber, dann das hatte sie nun schon durchgesprochen. Sie wollte einmal nach den alten Tannen sehen.

Da harrte ihrer schon wieder etwas Unerwartetes. Mitten unter den Bäumen, da, wo die langen Äste noch einen freien Platz gelassen hatten, stand ein großer Busch der wundervollsten, dunkelblauen Enzianen, so frisch und glänzend, als wären sie eben da herausgewachsen. Die Großmama schlug die Hände zusammen vor Entzücken.

„Wie köstlich! Wie prächtig! Welch ein Anblick!" rief sie ein Mal ums andere aus. „Heidi, mein liebes Kind, komm hierher! Hast du mir das zur Freude bereitet? Es ist vollkommen wundervoll."

Die Kinder waren schon da.

„Nein, nein, ich gewiß nicht", sagte das Heidi, „aber ich weiß schon, wer's gemacht hat."

„So ist's droben auf der Weide, Großmama, und noch viel schöner", fiel hier Klara ein. „Aber rat einmal, wer dir heut früh schon die Blumen von der Weide heruntergeholt hat!" Und Klara lächelte so vergnüglich zu ihrer Rede, daß der Großmama einen Augenblick der Gedanke kam, das Kind sei am Ende heute selbst schon dort oben gewesen. Das war doch aber fast nicht möglich.

Jetzt hörte man ein leises Geräusch hinter den Tannenbäumen; es kam vom Peter her, der unterdessen hier oben angelangt war. Da er aber gesehen hatte, wer beim Öhi vor der Hütte stand, hatte er einen großen Bogen gemacht und wollte nun ganz heimlich hinter den Tannen hinaufschleichen. Aber die Großmama hatte ihn erkannt, und plötzlich stieg ein neuer Gedanke in ihr auf. Sollte der Peter die Blumen heruntergebracht haben und nun aus lauter Scheu und Bescheidenheit so heimlich vorbeischleichen wollen? Nein, das durfte nicht sein, er sollte doch eine kleine Belohnung haben.

„Komm, mein Junge, komm hier heraus, frisch, ohne Scheu!“ rief die Großmama laut und steckte ein wenig den Kopf zwischen die Bäume hinein.

Starr vor Schrecken stand der Peter still. Er hatte keine Widerstandskraft mehr nach allem Erlebten. Er fühlte nur noch das eine: Jetzt ist's aus! Alle Haare standen ihm aufrecht auf dem Kopf, und farblos und entstellt von höchster Angst trat der Peter hinter den Tannen hervor.

„Nur frisch heran, ohne Umwege“, ermunterte die Großmama. „So, nun sag mir mal, Junge, hast du das gemacht?“

Der Peter hob seine Augen nicht auf und sah nicht, wohin der Zeigefinger der Großmama wies. Er hatte gesehen, daß der Öhi an der Ecke der Hütte stand und daß dessen graue Augen durchdringend auf ihn gerichtet waren, und neben dem Öhi stand das Schrecklichste, das der Peter kannte, der Polizeidiener aus Frankfurt. An allen Gliedern zitternd und bebend, stieß der Peter einen Laut hervor, es war ein „Ja“.

„Nanu“, sagte die Großmama, „was ist denn das Schreckliche dabei?“

„Daß er... daß er... daß er auseinander ist und man ihn nicht mehr ganz machen kann“, brachte mühsam der Peter heraus, und nun schlotterten seine Knie so, daß er fast nicht mehr stehen konnte. Die Großmama ging nach der Hüttenecke hinüber.

„Mein lieber Öhi, rappelt es denn wirklich ernstlich bei dem armen Buben?“ fragte sie teilnehmend.

„Gar nicht, gar nicht“, versicherte der Öhi. „Der Bube ist nur der Wind, der den Rollstuhl fortgejagt hat, und nun erwartet er seine wohlverdiente Strafe.“

Das konnte nun die Großmama gar nicht glauben, denn sie meinte, boshaft sehe der Peter doch ganz und gar nicht aus, und sonst hätte er doch keinen Grund gehabt, den so notwendigen Rollstuhl zu zerstören.

Aber dem Öhi war das Geständnis nur die Bestätigung eines Verdachtes gewesen, der gleich nach der Tat in ihm aufgestiegen war. Die grimmigen Blicke, die der Peter von Anfang an der Klara zugeworfen hatte, und andere Merkmale seiner Erbitterung gegen die neuen Erscheinungen auf der Alp waren dem Öhi nicht entgangen. Er hatte einen Gedanken an den andern gehängt, und so hatte er genau den ganzen Gang der Dinge erkannt und teilte ihn jetzt der Großmama in aller Klarheit mit. Als er zu Ende war, brach die Dame in große Lebhaftigkeit aus.

„Nein, mein lieber Öhi, nein, nein, den armen Buben wollen wir nicht weiter strafen. Man muß billig sein. Da kommen die fremden Leute aus Frankfurt hereingebrochen und nehmen ihm ganze Wochen lang das Heidi weg, sein einziges Gut und wirklich ein großes Gut, und da sitzt er allein Tag für Tag und hat das Nachsehen. Nein, nein, da muß man billig sein; der Zorn hat ihn überwältigt und hat ihn zu der Rache getrieben, die ein wenig dumm war, aber im Zorn werden wir alle dumm."

Damit ging die Großmama zum Peter zurück, der noch immerfort bebte und schlotterte.

Sie setzte sich auf die Bank unter die Tanne und sagte freundlich: „So, nun komm, mein Junge, da vor mich hin, ich habe dir etwas zu sagen. Höre auf zu zittern und zu beben und hör mir zu, das will ich haben. Du hast den Rollstuhl den Berg hinuntergejagt, damit er zerschmettere. Das war etwas Böses, das hast du recht wohl gewußt, und daß du eine Strafe verdientest, das wußtest du auch, und damit du diese nicht erhaltest, hast du dich recht anstrengen müssen, daß keiner es merke, was du getan hattest. Aber siehst du: Wer etwas Böses tut und denkt, es weiß keiner, der verrechnet sich immer. Der liebe Gott sieht und hört ja doch alles, und sobald er bemerkt, daß ein Mensch seine böse Tat verheimlichen will, so weckt er schnell in dem Menschen das Wächterchen auf, das er schon bei seiner Geburt in ihn hineingesetzt hat und das da drinnen schlafen darf, bis der Mensch ein Unrecht tut. Und das Wächterchen hat einen kleinen Stachel in der Hand, mit dem sticht es nun in einem fort den Menschen, daß er gar keinen ruhigen Augenblick mehr hat. Und auch mit seiner Stimme beängstigt es den Gequälten noch, denn es ruft ihm immer quälend zu: ›Jetzt kommt alles aus! jetzt holen sie dich zur Strafe!‹ So muß er immer in Angst und Schrecken leben und hat keine Freude mehr, gar keine. Hast du nicht auch so etwas erfahren, Peter, eben jetzt?"

Der Peter nickte ganz zerknirscht, aber wie ein Kenner, denn gerade so war es ihm ergangen.

„Und noch in einer Weise hast du dich verrechnet“, fuhr die Großmama fort. „Sieh, wie das Böse, das du tatest, zum Besten ausfiel für die, der du es zufügen wolltest! Weil Klara keinen Sessel mehr hatte, auf dem man sie hinbringen konnte, und doch die schönen Blumen sehen wollte, so strengte sie sich ganz besonders an zu gehen, und so lernte sie's und geht nun immer besser, und bleibt sie hier, so kann sie am Ende jeden Tag hinauf zur Weide gehen, viel öfter, als sie in ihrem Stuhle hinaufgekommen wäre. Siehst du wohl, Peter? So kann der liebe Gott, was einer böse machen wollte, nur schnell in seine Hand nehmen und für den andern, der geschädigt werden sollte, etwas Gutes daraus machen, und der Bösewicht hat das Nachsehen und den Schaden davon. Hast du nun auch alles gut verstanden, Peter, ja? So denk daran, und jedesmal, wenn es dich wieder gelüsten sollte, etwas Böses zu tun, denk an das Wächterchen da drinnen mit dem Stachel und der unangenehmen Stimme. Willst du das tun?“

„Ja, so will ich“, antwortete der Peter, noch sehr gedrückt, denn noch wußte er ja nicht, wie alles enden würde, da der Polizeidiener immer noch drüben stand neben dem Öhi.

„So, nun ist's gut, die Sache ist abgetan“, schloß die Großmama. „Nun sollst du aber auch noch ein Andenken an die Frankfurter haben, das dich freut. So sag mir nun, mein Junge, hast du auch schon mal was gewünscht, das du haben möchtest? Was war's denn? Was möchtest du am liebsten haben?“

Jetzt hob der Peter seinen Kopf auf und starrte die Großmama mit ganz kugelrunden, erstaunten Augen an. Noch immer hatte er etwas Schreckliches erwartet, und nun sollte er auf einmal bekommen, was er gern hätte. Dem Peter kam alles durcheinander in seinen Gedanken.

„Ja, ja, es ist mir Ernst“, sagte die Großmama. „Du sollst etwas haben, das dich freut, zur Erinnerung an die Leute von Frankfurt und zum

Zeichen, daß sie nicht mehr daran denken, daß du etwas Unrechtes getan hast. Verstehst du's nun, Junge?"

In dem Peter fing die Einsicht aufzudämmern an, daß er keine Strafe mehr zu befürchten habe und daß die gute Frau, die vor ihm saß, ihn aus der Gewalt des Polizeidieners errettet hatte. Jetzt empfand er eine Erleichterung, als fiele ein Berg von ihm ab, der ihn fast zusammengedrückt hatte. Aber nun hatte er auch begriffen, daß es besser geht, wenn man gleich eingestellt, was gefehlt ist, und auf einmal sagte er:

„Und das Papier hab ich auch verloren."

Die Großmama mußte sich ein wenig besinnen, aber der Zusammenhang kam ihr bald in den Sinn, und sie sagte freundlich: „So, so, es ist recht, daß du's sagst! Immer gleich bekennen, was nicht recht ist; dann kommt's wieder in Ordnung. Und jetzt, was hättest du gern?"

Nun konnte der Peter auf der Welt wünschen, was er nur wollte. Es wurde ihm fast schwindelig. Der ganze Jahrmarkt von Maienfeld flimmerte vor seinen Augen mit all den schönen Sachen, die er oft stundenlang angestaunt und für immer unerreichbar gehalten hatte, denn Peters Besitztum hatte nie einen Fünfer überstiegen, und alle die lockenden Gegenstände kosteten immer das Doppelte. Da waren die schönen roten Pfeifchen, die er so gut für seine Geißen brauchen konnte. Da waren die lockenden Messer mit runden Heften, Krötenstecher genannt, mit denen man in allen Haselrutenhecken die besten Geschäfte machen konnte.

Tiefsinnig stand der Peter da, denn er überdachte, welches von den zweien das Wünschbarste wäre, und er fand den Entscheid nicht. Aber jetzt kam ihm ein lichtvoller Gedanke; so konnte er sich noch bis zum nächsten Jahrmarkt besinnen.

„Einen Zehner", antwortete Peter jetzt entschlossen.

Die Großmama lachte ein wenig.

„Das ist nicht übertrieben. So komm her!“ Sie zog jetzt ihren Beutel heraus und nahm einen großen, runden Taler heraus; darauf legte sie noch zwei Zehnerstückchen.

„So, wir wollen gerade Rechnung machen“, fuhr sie fort; „das will ich dir erklären. Hier hast du nun gerade so viele Zehner, als Wochen im Jahre sind! So kannst du jeden Sonntag einen Zehner hervornehmen und verbrauchen, das ganze Jahr durch.“

„Meiner Lebtag?“ fragte der Peter ganz harmlos.

Jetzt mußte die Großmama so ungeheuer lachen, daß die Herren drüben ihr Gespräch unterbrechen mußten, um zu hören, was da vorgehe.

Die Großmama lachte immer noch.

„Das sollst du haben, Junge, das gibt einen Passus in mein Testament, hörst du, mein Sohn? Und nachher geht er in das deinige über, also: Dem Geißenpeter einen Zehner wöchentlich, solange er am Leben ist.“

Herr Sesemann nickte zustimmend und lachte auch herüber.

Der Peter schaute noch einmal auf das Geschenk in seiner Hand, ob es auch wirklich wahr sei. Dann sagte er: „Danke Gott!“ Und nun rannte er davon in ganz ungewöhnlichen Sprüngen, aber diesmal blieb er doch auf den Füßen, denn jetzt trieb ihn nicht der Schrecken davon, sondern eine Freude, wie der Peter noch gar keine gekannt hatte sein Leben lang. Alle Angst und Schrecken waren vergangen, und jede Woche hatte er einen Zehner zu erwarten sein Leben lang.

Als später die Gesellschaft vor der Almhütte das fröhliche Mittagsmahl beendet hatte und nun noch in allerlei Gesprächen zusammensaß, da nahm Klara ihren Vater, der ganz strahlte vor Freude und jedesmal, wenn er sie wieder anschaute, noch ein wenig glücklicher aussah, bei der Hand und sagte mit einer Lebhaftigkeit, die man nie an der matten Klara gekannt hatte:

„O Papa, wenn du nur wüßtest, was der Großvater alles für mich getan hat! So viel alle Tage, daß man es gar nicht nacherzählen kann, aber ich vergesse es in meinem ganzen Leben nicht. Und immer denke ich, wenn ich nur dem lieben Großvater auch etwas tun könnte oder etwas schenken, das ihm so recht Freude machen würde, auch nur halb soviel, wie er mir Freude gemacht hat."

„Das ist ja auch mein größter Wunsch, liebes Kind", sagte der Vater. „Ich sinne schon immer darüber nach, wie wir unserem Wohltäter unseren Dank auch nur einigermaßen dartun könnten."

Herr Sesemann stand jetzt auf und ging zum Öhi hinüber, der neben der Großmama saß und sich ausnehmend gut mit ihr unterhalten hatte. Er stand aber jetzt auch auf. Herr Sesemann ergriff seine Hand und sagte in der freundschaftlichsten Weise: „Mein lieber Freund, lassen Sie uns ein Wort zusammen sprechen! Sie werden es verstehen, wenn ich Ihnen sage, daß ich seit langen Jahren keine rechte Freude mehr kannte. Was war mir all mein Geld und Gut, wenn ich mein armes Kind anblickte, das ich mit keinem Reichtum gesund und glücklich machen konnte? Nächst unserm Gott im Himmel haben Sie mir das Kind gesund gemacht und mir, wie ihm, damit ein neues Leben geschenkt. Nun sprechen Sie, womit kann ich Ihnen meine Dankbarkeit zeigen? Vergelten kann ich nie, was Sie uns getan haben, aber was ich vermag, das stelle ich zu Ihrer Verfügung. Sprechen Sie, mein Freund, was darf ich tun?"

Der Öhi hatte still zugehört und den glücklichen Vater mit vergnügtem Lächeln angeblickt.

„Herr Sesemann glaubt mir wohl, daß ich meinen Teil an der großen Freude über die Genesung auf unserer Alm auch habe; meine Mühe ist mir wohl dadurch vergolten", sagte jetzt der Öhi in seiner festen Weise. „Für die gütigen Anerbietungen danke ich Herrn Sesemann, ich habe nichts nötig. Solange ich lebe, habe ich für das Kind und für mich genug. Aber einen Wunsch hätte ich; wenn mir der erfüllt werden könnte, so hätte ich für dieses Leben keine Sorge mehr."

„Sprechen Sie, sprechen Sie, mein lieber Freund!" drängte Herr Sesemann.

„Ich bin alt", fuhr der Öhi fort, „und kann nicht mehr lange hierbleiben. Wenn ich gehe, kann ich dem Kinde nichts hinterlassen, und Verwandte hat es keine mehr; nur eine einzige Person, die würde noch ihren Vorteil aus ihm ziehen wollen. Wenn mir der Herr Sesemann die Zusicherung geben wollte, daß das Heidi nie in seinem Leben hinaus muß, um sein Brot unter den Fremden zu suchen, dann hätte er mir reichlich zurückgegeben, was ich für ihn und sein Kind tun konnte."

„Aber, mein lieber Freund, davon kann ja niemals eine Rede sein", brach Herr Sesemann nun aus. „Das Kind gehört ja zu uns. Fragen Sie meine Mutter, meine Tochter; das Kind Heidi werden Sie ja in ihrem Leben nicht anderen Leuten überlassen! Aber da, wenn es Ihnen eine Beruhigung ist, mein Freund, hier meine Hand darauf. Ich verspreche Ihnen: Nie in seinem Leben soll dieses Kind hinaus, um unter fremden Menschen sein Brot zu verdienen; dafür will ich sorgen, auch über meine Lebenszeit hinaus. Nun aber will ich noch etwas sagen. Dieses Kind ist nicht für ein Leben in der Fremde gemacht, wie auch die Verhältnisse wären; das haben wir erfahren. Aber es hat sich Freunde gemacht. Einen solchen kenne ich, der ist noch in Frankfurt; da tut er seine letzten Geschäfte ab, um dann nachher dahin zu gehen, wo es ihm gefällt, und sich da zur Ruhe zu setzen. Das ist mein Freund, der Doktor, der noch diesen Herbst hier ankommen wird und, Ihren Rat dazu in Anspruch nehmend, sich in dieser Gegend niederlassen will, denn in Ihrer und des Kindes Gesellschaft hat er sich so wohl befunden wie sonst nirgends mehr. So sehen Sie, das Kind Heidi wird fortan zwei Beschützer in seiner Nähe haben. Mögen ihm beide miteinander noch recht lange erhalten bleiben!"

„Das gebe der liebe Gott!" fiel hier die Großmama ein, und den Wunsch ihres Sohnes bestätigend, schüttelte sie dem Öhi eine gute Weile mit großer Herzlichkeit die Hand. Dann faßte sie auf einmal das Heidi um den Hals, das neben ihr stand, und zog es zu sich heran.

„Und du, mein liebes Heidi, dich muß man doch auch noch fragen. Komm, sag mir mal: Hast du denn nicht auch einen Wunsch, den du gern erfüllt hättest?"

„Ja freilich, das hab ich schon", antwortete das Heidi und blickte sehr erfreut zu der Großmama auf.

„So, das ist recht, so komm heraus damit“, ermunterte diese. „Was hättest du denn gern, Kind?“

„Ich hätte gern mein Bett aus Frankfurt mit den drei hohen Kissen und der dicken Decke, dann muß die Großmutter nicht mehr mit dem Kopf bergab liegen und kann fast nicht atmen, und sie hat warm genug unter der Decke und muß nicht immer mit dem Schal ins Bett gehen, weil sie sonst furchtbar friert.“

Das Heidi hatte alles in einem Atemzuge gesagt vor Eifer, zu seinem gewünschten Ziel zu kommen.

„Ach mein liebes Heidi, was sagst du mir da!“ rief die Großmama erregt aus. „Das ist gut, daß du mich erinnerst. In der Freude vergißt man leicht, woran man zuallererst hätte denken sollen. Wenn uns der liebe Gott etwas Gutes schickt, müßten wir doch gleich an diejenigen denken, die so viel entbehren! Jetzt wird auf der Stelle nach Frankfurt telegrafiert! Noch heute soll die Rottenmeier das Bett zusammenpacken, in zwei Tagen kann es dasein. Will's Gott, soll die Großmutter gut schlafen darin!“

Das Heidi hüpfte frohlockend rings um die Großmama herum. Aber auf einmal stand es still und sagte eilig: „Nun muß ich gewiß geschwind zur Großmutter hinunter, es wird ihr auch wieder angst, wenn ich so lang nicht mehr komme.“

Denn nun konnte das Heidi es nicht mehr erwarten, der Großmutter die Freudenbotschaft zu bringen, und es war ihm auch wieder in den Sinn gekommen, wie es der Großmutter angst gewesen, als es zuletzt bei ihr war.

„Nein, nein, Heidi, was meinst du?“ ermahnte der Großvater. „Wenn man Besuch hat, läuft man nicht mit einemmal auf und davon.“

Aber die Großmama unterstützte das Heidi.

„Mein lieber Öhi, das Kind hat so unrecht nicht“, sagte sie. „Die arme Großmutter ist auch seit langem viel zu kurz gekommen um meinetwillen. Nun wollen wir gleich alle miteinander zu ihr gehen, und ich denke, dort warte ich mein Pferd ab, und wir setzen dann unseren

Weg weiter fort, und unten im Dörfli wird sogleich das Telegramm nach Frankfurt aufgegeben. Mein Sohn, was meinst du dazu?“

Herr Sesemann hatte bis jetzt noch gar nicht Zeit gehabt, über seine Reisepläne zu sprechen. Er mußte also seine Mutter bitten, nicht sogleich ihr Unternehmen auszuführen, sondern noch einen Augenblick sitzen zu bleiben, bis er seine Absicht ausgesprochen habe.

Herr Sesemann hatte sich vorgenommen, mit seiner Mutter eine kleine Reise durch die Schweiz zu machen und erst zu sehen, ob sein Klärchen imstande sei, eine kurze Strecke mitzureisen. Nun war es so gekommen, daß er die genußreichste Reise in Gesellschaft seiner Tochter vor sich sah, und nun wollte er auch gleich diese schönen Spätsommertage dazu benutzen. Er hatte im Sinne, die Nacht im Dörfli zuzubringen und am folgenden Morgen Klara auf der Alm abzuholen, um mit ihr zur Großmama nach dem Bade Ragaz hinunter und von da weiterzureisen.

Klara war ein wenig betroffen über die Anzeige der plötzlichen Abreise von der Alp, aber es war ja so viel Freude daneben, und überdies war da gar keine Zeit, sich dem Bedauern hinzugeben.

Schon war die Großmama aufgestanden und hatte Heidis Hand erfaßt, um den Zug anzuführen. Jetzt kehrte sie sich plötzlich um.

„Aber was in aller Welt macht man nun mit Klärchen?“ rief sie erschrocken aus, denn es war ihr in den Sinn gekommen, daß der Gang doch für sie viel zu weit sein würde.

Aber schon hatte in gewohnter Weise der Öhi sein Pflegetöchterchen auf den Arm genommen und folgte mit festem Schritte der Großmama nach, die jetzt mit vielem Wohlgefallen zurücknickte. Zuletzt kam Herr Sesemann, und so ging der Zug weiter den Berg hinunter.

Das Heidi mußte immerfort aufhüpfen vor Freude an der Seite der Großmama, und diese wollte nun alles wissen von der Großmutter, wie sie lebe und wie alles bei ihr zugehe, besonders im Winter bei der großen Kälte da droben.

Das Heidi berichtete über alles ganz genau, denn es wußte schon, wie da alles zuging und wie dann die Großmutter zusammengeduckt in ihrem Winkelchen saß und zitterte vor Kälte. Es wußte auch gut, was sie dann zu essen hatte, und auch, was sie nicht hatte.

Bis zur Hütte hinunter hörte die Großmama mit der lebhaftesten Teilnahme Heidis Berichten zu.

Die Brigitte war eben daran, Peters zweites Hemd an die Sonne zu hängen, damit, wenn das eine wieder genug getragen war, das andere angezogen werden konnte. Sie erblickte die Gesellschaft und stürzte in die Stube hinein.

„Jetzt grad geht alles fort, Mutter", berichtete sie. „Es ist ein ganzer Zug; der Öhi begleitet sie, er trägt das Kranke."

„Ach, muß es denn wirklich sein?" seufzte die Großmutter. „So nehmen sie das Heidi mit, das hast du gesehen? Ach, wenn es mir nur auch noch die Hand geben dürfte! Wenn ich es nur auch noch einmal hörte!"

Jetzt wurde stürmisch die Tür aufgemacht, und das Heidi war in wenigen Sprüngen in der Ecke bei der Großmutter und umklammerte sie.

„Großmutter! Großmutter! Mein Bett kommt aus Frankfurt und alle drei Kissen und auch die dicke Decke; in zwei Tagen ist es da, das hat die Großmama gesagt."

Das Heidi hatte gar nicht schnell genug seinen Bericht herausbringen können, denn es konnte die ungeheure Freude der Großmutter fast nicht abwarten. Sie lächelte, aber ein wenig traurig sagte sie:

„Ach, was muß das für eine gute Frau sein! Ich sollte mich nur freuen, daß sie dich mitnimmt, Heidi, aber ich kann es nicht lang überleben."

„Was? Was? Wer sagt denn der guten alten Großmutter so etwas?" fragte hier eine freundliche Stimme, und die Hand der Alten wurde dabei erfaßt und herzlich gedrückt, denn die Großmama war hinzugetreten und hatte alles gehört. „Nein, nein, davon ist keine Rede! Das Heidi bleibt bei der Großmutter und macht ihre Freude aus. Wir wollen das Kind auch wiedersehen, aber wir kommen zu ihm. Jedes Jahr werden wir nach der

Alm hinaufkommen, denn wir haben Ursache, an dieser Stelle dem lieben Gott alljährlich unseren besonderen Dank zu sagen, wo er ein solches Wunder an unserem Kinde getan hat."

Jetzt kam der echte Freudenschein auf das Gesicht der Großmutter, und mit wortlosem Dank drückte sie fort und fort die Hand der guten Frau Sesemann, während ihr vor lauter Freude ein paar große Tränen die alten Wangen herabglitten. Das Heidi hatte den Freudenschein auf dem Gesichte der Großmutter gleich gesehen und war jetzt ganz beglückt.

„Gelt, Großmutter", sagte es, sich an sie schmiegend, „jetzt ist es so gekommen, wie ich dir zuletzt gelesen habe? Gelt, das Bett aus Frankfurt ist gewiß heilsam?"

„Ach ja, Heidi, und noch so vieles, so viel Gutes, das der liebe Gott an mir tut!" sagte die Großmutter mit tiefer Rührung. „Wie ist es nur möglich, daß es so gute Menschen gibt, die sich um eine arme Alte bekümmern und so viel an ihr tun! Es ist nichts, das einem den Glauben so stärken kann an einen guten Vater im Himmel, der auch sein Geringstes nicht vergessen will, wie so etwas zu erfahren, daß es solche Menschen gibt voll Güte und Barmherzigkeit für ein armes, unnützes Weiblein, wie ich eins bin."

„Meine gute Großmutter", fiel hier Frau Sesemann ein, „vor unserem Herrn im Himmel sind wir alle gleich armselig, und alle haben wir es gleich nötig, daß er uns nicht vergesse. Und nun nehmen wir Abschied, aber auf Wiedersehen, denn sobald wir nächstes Jahr wieder nach der Alm kommen, suchen wir auch die Großmutter wieder auf; die wird nie mehr vergessen!" Damit erfaßte Frau Sesemann noch einmal die Hand der Alten und schüttelte sie.

Aber sie kam nicht so schnell fort, wie sie meinte, denn die Großmutter konnte nicht aufhören zu danken, und alles Gute, das der liebe Gott in seiner Hand habe, wünschte sie auf ihre Wohltäterin und deren ganzes Haus herab.

Jetzt zog Herr Sesemann mit seiner Mutter talabwärts, während der Öhi Klara noch einmal mit nach Hause trug und das Heidi, ohne aufzusetzen, hochauf hüpfte neben ihnen her, denn es war so froh über die Aussicht der Großmutter, daß es mit jedem Schritt einen Sprung machen mußte.

Am Morgen darauf aber gab es heiße Tränen bei der scheidenden Klara, nun sie fort mußte von der schönen Alm, wo es ihr so wohl gewesen war wie noch nie in ihrem Leben. Aber das Heidi tröstete sie und sagte:

„Es ist im Augenblick wieder Sommer, und dann kommst du wieder, und dann ist's noch viel schöner. Dann kannst du von Anfang an gehen, und wir können alle Tage mit den Geißen auf die Weide gehen und zu den Blumen hinauf, und alles Lustige geht von vorn an."

Herr Sesemann war nach Abrede gekommen, sein Töchterchen abzuholen. Er stand jetzt drüben beim Großvater, die Männer hatten noch allerlei zu besprechen. Klara wischte nun ihre Tränen weg, Heidis Worte hatten sie ein wenig getröstet.

„Ich lasse auch den Peter noch grüßen", sagte sie wieder, „und alle Geißen, besonders das Schwänli. Oh, wenn ich nur dem Schwänli ein Geschenk machen könnte; es hat so viel dazu geholfen, daß ich gesund geworden bin."

„Das kannst du schon ganz gut", versicherte das Heidi. „Schick ihm nur ein wenig Salz, du weißt schon, wie gern es am Abend das Salz aus des Großvaters Hand schleckt."

Der Rat gefiel Klara wohl.

„Oh, dann will ich ihm gewiß hundert Pfund Salz aus Frankfurt schicken", rief sie erfreut aus, „es muß auch ein Andenken an mich haben."

Jetzt winkte Herr Sesemann den Kindern, denn er wollte abreisen. Diesmal war das weiße Pferd der Großmama für Klara gekommen, und jetzt konnte sie herunterreiten, sie brauchte keinen Tragsessel mehr.

Das Heidi stellte sich auf den äußersten Rand des Abhanges hinaus und winkte mit seiner Hand der Klara zu, bis das letzte Restchen von Roß und Reiterin geschwunden war.

Das Bett ist angekommen, und die Großmutter schläft jetzt so gut jede Nacht, daß sie gewiß dadurch zu ganz neuen Kräften kommt. Den harten Winter auf der Alp hat die gute Großmama auch nicht vergessen. Sie hat einen großen Warenballen nach der Geißenpeter-Hütte gesandt. Darin war so viel warmes Zeug verpackt, daß die Großmutter sich um und um damit einhüllen kann und gewiß nie mehr zitternd vor Kälte in ihrer Ecke sitzen muß.

Im Dörfli ist ein großer Bau im Gange. Der Herr Doktor ist angekommen und hat vorderhand sein altes Quartier bezogen. Auf den Rat seines Freundes hin hat der Herr Doktor das alte Gebäude angekauft, das der Öhi im Winter mit dem Heidi bewohnt hatte und das ja schon einmal ein großer Herrensitz gewesen war, was man immer noch an der hohen Stube mit dem schönen Ofen und dem kunstreichen Getäfel sehen konnte. Diesen Teil des Hauses läßt der Herr Doktor als seine eigene Wohnung aufbauen. Die andere Seite wird als Winterquartier für den Öhi und das Heidi hergestellt, denn der Herr Doktor kennt den Alten als einen unabhängigen Mann, der seine eigene Behausung haben muß. Zuhinterst wird ein festgemauerter, warmer Geißenstall eingerichtet, da werden Schwänli und Bärli in sehr behaglicher Weise ihre Wintertage zubringen.

Der Herr Doktor und der Almöhi werden täglich bessere Freunde, und wenn sie zusammen auf dem Gemäuer herumsteigen, um den Fortgang des Baues zu besichtigen, kommen ihre Gedanken meistens auf das Heidi, denn beiden ist die Hauptfreude an dem Hause, daß sie mit ihrem fröhlichen Kinde hier einziehen werden.

„Mein lieber Freund", sagte kürzlich der Herr Doktor, mit dem Öhi oben auf der Mauer stehend, „Sie müssen die Sache ansehen wie ich. Ich teile alle Freude an dem Kinde mit Ihnen, als wäre ich der nächste nach Ihnen, zu dem das Kind gehört; ich will aber auch alle Verpflichtungen teilen und nach bester Einsicht für das Kind sorgen. So habe ich auch meine Rechte an unserem Heidi und kann hoffen, daß es mich in meinen alten Tagen pflegt und um mich bleibt, was mein größter Wunsch ist. Das Heidi soll in alle Kindesrechte bei mir eintreten; so können wir es ohne Sorge zurücklassen, wenn wir einmal von ihm gehen müssen, Sie und ich."

Der Öhi drückte dem Herrn Doktor lange die Hand. Er sagte kein Wort, aber sein guter Freund konnte in den Augen des Alten die Rührung und hohe Freude lesen, die seine Worte erweckt hatten.

Derweilen saßen das Heidi und der Peter bei der Großmutter, und das erstere hatte so viel zu tun mit Erzählen und der letztere mit Zuhören, daß sie alle beide kaum zu Atem kommen konnten und vor Eifer immer näher auf die glückliche Großmutter eindrangen.

Wieviel war ihr auch zu berichten von alle dem, das den ganzen Sommer durch sich ereignet hatte, denn man war ja so wenig zusammengekommen während dieser Zeit.

Und von den dreien sah immer eins glücklicher aus als das andere über das neue Zusammensein und über alle die wunderbaren Ereignisse. Jetzt aber war das Gesicht der Mutter Brigitte noch fast am glücklichsten anzusehen, da mit Heidis Hilfe nun zum erstenmal klar und verständlich die Geschichte des unaufhörlichen Zehners herauskam. Zuletzt aber sagte die Großmutter:

„Heidi, lies mir ein Lob- und Danklied! Es ist mir, als könne ich nur noch loben und preisen und unserem Gott im Himmel Dank sagen für alles, was er an uns getan hat."

CPSIA information can be obtained
at www.ICGtesting.com
Printed in the USA
LVHW052357291122
734192LV00010B/340

9 783988 282026